칼날 위에서 피는 꽃

seestarbooks 014

제1회 자유민주시인상 수상 시집

칼날 위에서 피는 꽃

제1쇄 인쇄 2021. 2. 5
제1쇄 발행 2021. 2.10

지은이 고용석 하수현 홍찬선 김미선 김병준 박소명 유재원 이효애
엮은이 자유민주시인연대(민윤기)
펴낸이 김상철
펴낸곳 스타북스

등록번호 제300-2006-00104호
주소 서울시 종로구 종로 19 르메이에르종로타운 B동 920호
전화 02-735-1312 팩스 02-735-5501
이메일 starbooks22@naver.com

ISBN 979-11-5795-575-6 03810

seestarbooks 014

제1회 자유민주시인상 수상 시집

칼날 위에서 피는 꽃

고용석 하수현 홍찬선 김미선
김병준 박소명 유재원 이효애

자유민주시인연대 엮음

스타북스

윤동주를 사랑하고,
대한민국을 지키려는,
자유민주주의 시인들의 목소리입니다

　우리는 윤동주 시인이 그토록 열망했던 세상에 살고 있다. 비록
스물일곱 젊디젊은 나이에 순절한 윤동주 시인이, 지난 해 가을부터
주말마다 빼앗긴 민주주의를 되찾겠다며 전국 방방곡곡에서 몰려
온 '애국시민'들이 성난 목소리로 외쳐대는 그곳에서 한동안 함께
했다. 때마침 세종로 네 거리 교보빌딩 벽면에 윤동주의 시가
내걸렸다.

　윤동주가 누구인가. 윤동주가 살았던 시대는 어떠했을까.
후쿠오카 형무소 캄캄한 독방에서 맞이했던 겨울은 얼마나
혹독했을까. 영원한 청년시인 윤동주 시인은, 광화문 광장에 모여든
시민들을 내려다보며, 넉넉하지 않은 호주머니에 주먹 두 개를
쓱 집어넣고 명랑한 표정을 짓는 소년 시절의 모습으로 나타나
"주먹 두 개 갑북갑북"으로 해결하자는 유머 넘치는 메시지를
던진 것이다. 이는 틀림없이 추운 시국의 겨울을 견디고 있는 많은
시민들의 언 마음을 녹여내는 메시지였다.

　그 무렵, 이른바 '진보파'라고 알려진 661명의 시인들은 "조국을

지지한다. 검찰개혁을 완수하라"는 현수막을 펼쳐들고 '조국수호' 성명서를 발표했다. 비록 전체 시인 중 10%도 안 되는 숫자이기는 하지만 상당수 유명시인들이 서명에 가담했다. 시인이라는 사람들이 혐의만으로도 거짓말 사기질 투성이 반국민적 인물을 두둔하며 구하겠다는 행동대원으로 나선 해프닝이다. 윤동주와 같은 시대를 살고 있는 시인들이 이런 편향된 진영 논리에 맹종하는 모습으로 등장한 데 대해 시인으로서 부끄러움과 모멸감을 느끼지 않을 수 없다. 정권은 곧 지나가고, 시대도 곧 바뀐다는 것을 지난 시대의 역사는 분명하게 말하고 있지 않은가.

우리는 지금 좌파와 우파가 결사적으로 싸우고 있다. 아니다. 거의 모든 예술계가 왼쪽으로 심하게 기울어져 있다고 해야 맞는 형국이다. 그런데 우파는 스스로를 가리켜 '자유 우파'라든가 '보수 우파'라는 식으로 말하곤 하는데, 좌파는 스스로 자신을 '좌파'라는 호칭 대신 '진보파'라고 부른다. 왜 우파는 정직하게 정체를 밝히는데 좌파는 좌파라고 말하지 않고 진보파라고 슬쩍 에둘러 말하는가. 당당하지 않기 때문이다.

'자유민주시인상'은 이런 시대적 환경에서 태어났다. 대한민국의 자유민주주의가 좌경화한 반민주 집권 세력에 의해 훼손되어가는 것을 그냥 지켜볼 수 없고, 게다가 숱한 시인들이 이른바 '조국수호' 지지 서명에 나서는 사태에까지 이른 것을 그냥 바라만 보고 있을 수 없다는 몇 몇 시인들에 의해 제정된 것이다. 이를 위해

'자유민주시인연대'를 결성하고, 첫 사업으로 '자유민주시인상'을
제정하여, 3개월간의 공모 끝에 제1회 수상자를 선정하게 되어
수상작을 한 권의 시집으로 출간하기에 이른 것이다.

　이 시집은 우리나라 시문학 사상 최초의 경사이자 자유와
민주주의 헌법정신을 지켜내려는 양식 있는 시인들의 첫 번째
열매이다. 관심 있는, 어쩌면 소수일지 모르는, 자유민주주의를
신봉하는 독자들께서 꼭 읽어 주시기를 기대한다.

　　　　　　　　　2021년 1월 자유민주주의의 봄을 기다리며
　　　　　　　　　엮은이 민윤기

고용석 대상

하수현 최우수상

홍찬선 최우수상

유재원 우수상

김병준 우수상

박소명 우수상

고용석

〈칼날 위에서〉 등 10편

고용석

강원도 강릉 출생
강릉고등학교, 중앙대 국문학과,
중앙대 교육대학원 국어교육과 졸업
서울 문영여고, 서울여상 교사,
서울여자상업고등학교 교장 역임
계간 '문학미디어'로 시 등단
정오 동인

칼날 위에서

한 치 앞도 보이지 않는 어둠
별이 빛나는 건 어둠 때문이지요
작도 날 위에 늙은 시인이 섰습니다
바람이 두 발 사이로 흐르고,
하늘과 땅을 잇는 시대의 조종弔鐘을
칼날 위에서 시인이 울립니다

세상 안녕하신가요?
밥은 잘 먹고, 잠은 깊이 주무시고요?
가쁜 호흡으로, 숨 막히는 떨림으로
세상 흔드는 언어를 화두話頭로 던집니다
시인의 언어가 바람을 타고 흐르면
칼날에 잘린 달빛이 출렁,
구경꾼들의 가슴을 베어 올 겁니다

사는 게 벼랑입니다.
끝없이 추락하는 깊디깊은 아픔입니다
당신은 시간과 공간을 도려내는 칼날에 베어
지금 상처 난 몸으로 길을 건너고 있습니다
시인의 굽은 어깨가 오늘따라 무척 지쳐 보이군요

누가 그에게 새 시대의 의자를 놓아 드려야겠습니다
달빛 교교한 밤, 피를 부르는 칼날이 부르르 떨며
새로운 바람을 곧 불러오도록 말이죠
겨울이 모두를 얼어붙게 하여도 풀들의 숨결마저
멈추게는 못할 것입니다
푸닥거리를 올립니다
뒤를 이어 작도를 타는 시인의 칼날을 위해
새로운 소통을 위해

대한민국이 칼날 위에 있습니다
아찔한 벼랑 끝에 서 있습니다

자유는 봄날 잎처럼

어둔 방에 미명未明의 빛을 들이고
시인은 미지근한 숨결을 깨워
랭보의 새벽을 기다린다

구름에서 구름으로 이어지는 시간
노래 잃은 새가 몸을 떨구고
단단한 껍질 속에 갇힌 숲이 목말라 해도
여기서 저기로, 저기서 여기로
옮겨 다니는 말들의 혀를 믿지 마라
봄날 돋는 새잎의 언어들이
세상의 아름다운 진실을
몸으로 보여줄 때까지

그런 봄날, 시인이여
민중의 광대가 되어
이른 새벽 일어나
언어의 불씨 돋워 어둠 사르고
넘어진 풀 다시 세우고
말랐던 민주에 물을 주고
짐승의 발자국을 말끔히 지워 가자

어둠이 지나면 새벽이 오듯
자유도 봄날 잎처럼 올 것이니

인간 사냥
-1949년 경북 경산 와촌면 박사리 사건*

1949년 11월 29일 밤
검은 그림자들이 마을에 스며들었다
총과 죽창, 긴 칼이 달빛에 서늘했다
동생과 가마니를 짜던 나는
무장한 그들에 끌려 나와 정미소 마당에
무릎 꿇린 채 죽음을 기다렸다
찬 기운이 온몸을 얼어붙게 하던 밤
유난히 별이 밝았다
누군가 군경토벌대에 빨치산 신고했다고
고발하지 않으면 한 사람씩 죽이겠다고
끌려 온 수십 명의 사람들은
몸은 떨었지만 하나같이 입을 다물었다
정미소 마당 느티나무가 흔들리며
순간 잎을 와르르 쏟아내자
몽둥이와 일본도가 춤을 췄다
칼에 베인 오촌 당숙이 내장을 쏟으며 쓰러졌고
작은아버지 목덜미 아래로는 피가 흥건히 괴어 흘렀다
소리마저 낼 수 없는 어둠 속 너머
목이 꺾인 아버지의 숨소리가 허공을 갈랐고
마을이 활활 불타고 있었다

아버지를 찾아 나왔던 어머니의 목소리가 멀리서 들렸다
"춘자 아버지요- 춘자 아버지요-"

그날 사상자가 오십사 명, 불탄 집이 백여덟 채
칠십 년이 지난 오늘까지
빨치산의 인간 사냥은 말하지도 않고,
말해 준 이 없이 박사리 전설로 묻혀 버렸다.
평생 꼽추가 된 작은아버지는
진물 흐르는 깊은 상처 어루만지며 제주^{濟州}로 나섰다
달빛마저 붉은 밤, 팔공산 아래 박사리 집집마다
밤새 눈물이 넘쳤다

*대한민국 정부가 수립된 이듬해(1949년) 팔공산에 숨어 있던
 빨치산이 자행한 양민 학살 사건.

눈물꽃

― 어느 위안부 할머니의 유언遺言

아흔이 넘고 보니 하루하루가 혼곤昏困하다

내 삶을 돌이켜 보니 가시밭길 눈물꽃이었구나

싱가포르가 함락되던 1942년 4월

흰 저고리에 검정치마 곱게 차려 입고

난 동무들과 군수공장 가는 열차를 탔어

내 선택이 긴 눈물의 시작인 줄도 모르고

어둡고 습한 밤, 우린 모포 한 장 놓인 칸막이 방에 넣어졌지

그리고 살을 도려내는 악몽,

개 같은 병사의 대검에 속옷이 찢기고

열다섯 꽃잎은 군홧발에 짓밟혔어

핏빛 봉숭아 꽃잎이 온몸을 적셨지

수많은 병사들을 밤낮으로 품어야 하는

치욕을, 부끄러움을 어찌 말해야 하나

밤마다 달은 왜 그리 곱고, 별은 왜 그리 빛나던지

애야, 606 주사를 아니? 자궁을 썩게 하는 성병 주사를

냇가에 나가 비누로 씻어 말려 다시 쓰던 콘돔, 샤쿠는?

그 일 죽기보다 싫어 도망쳤는데 붙잡히고 말았지

흉측한 그때의 인두 자국 지금도 아프구나

못 판에 살점이 다 떨어져 피 흘려 죽은

흙 속에 산 채로 파묻혀 먼 길 떠난 동무들은

어디로 갔을까? 하늘의 별이 되었을까?

역사를 잃은 나라는 죽음만 있을 뿐
꽃다운 소녀의 눈물꽃에 80년 세월 서리 내리는데
아, 덧없구나. 살았지만 난 매일 죽은 목숨이었다
나라님은 귀가 멀고
재물에 눈 어두운 정의연, 정대협 너흰 체면을 잃고
잠이 쏟아진다. 깊고 긴 잠에 들어야겠다
가시밭길에 피운 눈물꽃이었지만
그래도 부끄럽진 않았다

시인詩人이 시인時人에게

찬 새벽 구로 인력시장에서
일자리를 얻지 못한 사내의 좌절을 보았다
전 재산 분식점은 공중분해 되고
아내마저 자식새끼 데리고 떠난 지하방에서
사내는 배 움켜쥐고 쪽잠을 잔다
먹고 살기 어려운 세상
시인時人이 시인詩人에게 묻는다

당신의 시는 저 사내에게
한 끼 밥이나 되냐고
뜬구름 잡는 시 나부랭이나 붙잡고 앉아
구부러진 삶의 흐름을
바로 잡을 수 있냐고
사전 속 깊이 감추어둔 억압의 언어로
가을볕 말라 시들어가는 분노로
얼어붙은 겨울새 같은 움츠린 행동으로
무능한 위정자들 관棺이나 짤 수 있겠냐고
유행가만도 못한 시로
세상 무지개를 만들려 하냐고

시인詩人이 시인時人에게 답한다

이룩할 수 없는 꿈을 꾸고

이길 수 없는 적과 싸움을 하고

고통을 견디며 잡을 수 없는 별을 잡는

시인은 라만차의 돈키호테

세상은 사막과 같을지니

한 끼 밥 대신 낙타의 걸음을

모래바람을 바라볼 수 있는 눈썹을

갈증을 참아내는 혹을 드리리다

때론 위안의 언어로

때론 폭발하는 언어로

그 사월의 봄꽃은 다시 핀다

풋풋한 사랑을 알기도 전에

죽음을 먼저 만나

쓰러지고, 넘어지고 다시 일어나 경무대를 향하던

아버지의 무거운 발걸음을 기억합니다

흔들리지 않고, 한 걸음 한 걸음

진압군의 총구에도 두려움이 없었지요

사월의 봄꽃으로 붉게 피고 싶어

돌아오지 못할 길을 뚜벅뚜벅 걸어가셨나요

이력서 대신 유서 쓰는 것을

먼저 배우신 아버지의 핏빛 글씨는

시대의 화인火印으로 남아

오늘도 광장에서, 거리에서

깃발로 넘어졌다 다시 일어나는데

아버지,

민주가 상실된 어두운 뒷골목에도

봄꽃은 찬란하게 피겠지요?

죽은 것은 망각의 시간이지

우리의 행동과 의식은 아니잖아요

힘들어도 조금만 기다려 주세요

눈물로 피운

죽음으로 피운

아버지의 봄꽃 곁에

노고지리 종일 놀다가

하늘 높이 오를 날까지

못 박인 몸

가슴 깊이 못이 박이다
풀들도 숨을 멈춘
황량한 들판에
나, 내던져져
말도 잃고, 눈물도 잃고
생각마저 상실되어
박인 못에 박제되어 파닥대다

당신의 대화는 허공만 울리고
당신의 평화는 생채기만 남기고
당신의 용서는 끝없는 죽음
썩은 뿌리로만 남아
잎을 돋우고, 열매를 맺겠다는
당신의 약속은
아이 손에 쥐어진 애드벌룬

영원히 지울 수 없는
저, 흉한 못들은
끝없는 고통인데
내 몸 구석구석 박인 피의 역사
잠자는 시대의 눈물
언제 불러
어루만지게 하나

큰 산 우화^{寓話}

큰 산이 무거운 몸 앉히고
잠시 잠들었는데요
그 사이 번개가 다가와
날카로운 손톱으로 온몸을 할퀴었고
세상 떠나갈 듯한 목소리로
우레가 산의 귀를 어지럽혔지요
그래도 잠자는 산이 얄미워
심술궂은 비는 산의 머리 위로
어마어마한 물을 쏟아부었고요
바람은 온 나뭇가지를 부러뜨리며
산을 움직이려 심술을 부렸다나요
산은 그런 장난에도 허허 웃으며
그제야 몸 일으켜 기지개를 했어요
솜털구름 하늘을 날고
풀꽃들 곳곳마다 꽃피우는 날
큰 산이 큰 소리로 말했지요
어디 나 뿐이랴, 시련과 고통당하는 게
할 말 많고 많지만 품으며 그저 사는 거지

강우규 의사 동상 앞에서

바람은 동상을 넘어 서울역 쪽으로만 불고 있다
백 년 전 의거가
쓸려가는 낙엽에 묻혀 굴러가는 늦가을
내려진 손에 폭탄 움켜 쥔
의사義士의 손이 안타깝다
동상 머리 위엔 비둘기 앉아
광화문 시위대 소리에 놀라 눈 껌벅이고
그 아래에선 노숙자들
때 묻은 얼굴 서로 비비며 일확천금 꿈을 꾼다
흐린 불빛 따라 발걸음 어지러운 광장
확성기로 퍼지는 찬송가는 그저 무심히 하늘을 오
르고

광화문 너머 시위대 노랫소린 오늘도 힘차다
'이 몸 죽어서 나라가 산다면 아아, 이슬같이 기꺼
이 죽으리라'
백 년 전 폭탄을 품에 안은 노인의 넋두리도 그랬
었지
핏빛 칼날 번뜩이는 단두대 위에서 봄을 기다리며
몸은 있으나 나라가 없다고
시대를 넘는 참언讖言이 가슴을 친다

'부끄럽다. 나라를 위해 한 일이 없어 너무도
부끄럽다'
　　의사義士의 말씀 어둠을 밝히는데
　　낮밤을 잊고 짖어대는 뭇개들은
　　새벽을 붙잡고 앉아 비웃음 짓는 까마귀들은
　　오늘도 잔치구나
　　머지않아 무너질 걸 모르고

전흔戰痕

상처가 나아도 아픔은 남는다는데
기억을 지울 수 없는 어머니의 전흔戰痕이
서랍 구석 꽁꽁 싸매놓은
보퉁이로 남아 있다

한 생애가 잠들어 있는 보퉁이엔
바스러져 가는 아버지의 전사통지서, 빛바랜 사진
한 줌 머리카락, 누렇게 물든 손톱 부스러기
재로 스러지고
치매癡呆의 어머닌 오늘도 아버지 맞을
옷고름 여민다.

이 땅 모든 이들마다
깊디깊은 수렁은 가슴에 남아
천 길 만 길 통한인데
바람에 숭숭 구멍 뚫린 뼈마디마다
파꽃으로 물드는데
휴전선 곳곳마다 철책 거두며
나라님은 평화에 목을 맨다.
포격에 쓰러져 간 시민의 비통 저버린 채

자유의 꽃잎
바다 속으로 사라진
추운 아침
칼날에 베인 어머니를 보다

하수현

〈혁명이여, 시인이여〉 등 10편

하수현 (본명 하성훈)

1961년 경북 영일군(현 포항시)에서 태어나 포항고,
동국대 법학과를 나왔다. 1985년 대학 3학년 재학 중 월간
'한국문학'(편집인 김동리) 신인상에 시 「새벽길」이 당선되어
문단에 나왔다. 시집 <나의 연인은 레몬 향기가 난다>와
장시 「올리브나무」「겨울 나그네」를 발표했고,
시 「고독」「겨울 호수」「발자국」 등이 서울시 지하철에
게시되었다. 헤세기념상(PEN한국이사장), 안견문학대상,
중봉문학상, 김만중문학상, 철도문학상(국토부),
나라사랑창작상, 이한열문학상(연세대), 생태시문학상,
경북예술상(문학부문), 수주문학상을 수상했다.

혁명이여, 시인詩人이여

　나는 조지아 출신 시인 마야콥스키*를 경멸한다
　그가 혁명의 시대를 누리고 나서
　권총 자살을 택한 것을 시대 탓으로 돌릴 순 없다
　스탈린은 그를 두고 소비에트 최고의 시인이라 말
했지만
　그 말의 정당성은 그 어디에도 없다
　대량 학살의 주역이 뱉은 말이란 것에 모두 주목할
필요가 있다
　그러나 나는 마야콥스키의 조국, 그 아름다운 조지
아를
　나의 나라만큼 사랑한다

　나는 시인 예세닌*을 경멸한다 혁명의 질풍 앞에서
　그의 시詩가 얼마나 진중했는지,
　아니면 가벼웠는지는 추상같은 역사歷史의 손에 맡
길 것이다
　짧은 생애 속에서 알코올에 퉁퉁 불어 지낸 공로로
　우울증과 환각 증세를 부상副賞으로 받은 후,
　결국 수도관에 목을 맨 채
　삶을 접어버린 일은 자랑거리가 될 순 없으리,
　그러나 나는 그의 손에 붙들린 그의 모국어와 함께
　지구상의 모든 모국어들을 사랑한다

나는 이런 자들이 한 시절 시詩를 가까이 했다는 것
을
온몸으로 경멸한다 도대체 시인이란 누구인가?
개인의 신념은 진화하여 사상思想이 되고,
그 사상은 사납거나 날선 나머지
혁명의 자작나무에 기어이 불을 당기고 말았을까?
지구상의 모든 혁명들은 누구를 위한 것이었는가?
나는 혁명의 부당한 수혜자들을 증오한다
그리고 나는 거대한 혁명의 너울에 뜻하지 않게 휩
쓸려간
역사 속 희생자들을 생각하며 빈 가슴을 친다

*블라디미르 블라디미로비치 마야콥스키(1893년-1930년).
 구소련 시인, 극작가, 배우.
*세르게이 알렉산드로비치 예세닌(1895년-1925년).
 구소련의 시인

로타리 냉면집

　폭염에 감금된 어느 여름날, 로타리 냉면집 안–

　초저녁인데 이웃 식탁 쪽에서 파도쳐오는 술 냄새가 있다. 그래도 두 사람 중 하나는 멀쩡해 보인다.

　"천천히 무가라, 대낮부터 술을 푼 거야?"

　"지금은 배가 너무 고파…. 오늘은 아침 무근 게 전부야. 술 마셔서 배고픈 거도 잠시 이저삤어…."

　"냉면에 든 괴기는 왜 안 뭉나?"

　"인자는 괴기 안 무거. 아무 괴기나 보믄 며칠 전에 공사판에서 죽은 넘이 생각나. 건물 꼭대기에서 일하다 널쪘는데 온몸이 터져 있었어…."

　"저런… 니도 조심해라 …근데 니는 언제까지 이 개고생을 하며 살 거야?"

　"가진 게 없는데 뭐. 묵고 사는 게 월남전쟁에서 싸우는 것보다 더 힘들어…. 그리고 이넘의 날씨도 미쳤고, 세상도 미쳤어. 인자는 세상이 밉고 무서버…."

　식사를 마친 그들, 술 냄새를 남겨둔 채 일어난다. 폭염은 바깥에서 수행비서처럼 기다렸다가 그들에게 출입문을 천천히 열어준다. 취한 사내는 불콰한 낯으로 하늘을 올려다본다. 소리 없는 어느 절규가 허공에서 쩡쩡거린다.

　'비열한 세상아, 니는 사형이다, 사형! 땅 땅 땅!'

자유란 무엇인가
—알을 굽다

세라믹 프라이팬에 유정란 달걀 몇 개를 넣고
유리 뚜껑을 덮고 굽는다 한 마리의 건장한 닭으로
생육할 수도 있었던 저 알,
이렇게 굽는 일은 다만 우리가 먹기 위해
닭의 게놈 지도 같은 건 개에게나 줘 버리고
알들의 미래와 자유를 일방적으로 삭제하는 일이다

프라이팬이 뜨거워져도 안에서 팽창하는 공기는
스스로 참는 데까지 참아간다
이십여 분이 지나며 쾅— 하는 소리와 함께
산화散華하는 저 난황 난백 난각卵殼,
그래도 그 안에 든 비타민이며 칼슘, 인燐 같은 건
프라이팬 안에 여전히 감금돼 있다

곰곰이 생각해보면 달걀마다 그 안에는
자유라는 이름의 큰 닭이 한 마리씩 숨어 있다가
마지막 순간에는 깜짝 놀랄 사건을 저지른다
이를테면 달걀이 전자레인지 안에서
펑— 하는 소리로 흩어져 버리는 일이나,
삶을 때에도

쩍- 하는 소리로 몸통을 잔혹하게 가르는 일은 자기의 존재를 알리는 몸부림이다

그게 아니라면 자유에 대한 피의 절규인 것이다

자유를 잃은 채

억압 중에도 소리조차 내지 않는다면

그건 애초에 존재한 것도 아니었으리,

처음부터 자유에 대해

결코 알지도 못했던 것이리

일본이란 이름의 숲

어느 숲속에서 나무들이 서로 싸우고 있다
나무들은 몸통에 붙은 가지들을 칼처럼 휘두르는데
힘센 나무에 치인 약한 나무들은
그 가지들이 무참하게 잘려나가고 만다
갈수록 싸움의 강도는 더해지고, 결국 힘센 나무들이
승기勝機를 잡더니 서서히 굳히기에 들어간다

이미 패색이 짙은 나무들은
여기저기에 연이어 주저앉거나 무릎을 꿇는다
무릎 꿇은 나무들은
승부에 꺾여버린 자신을 참담한 낯빛으로
자조自嘲하기도 한다 패자는 세상에서 가장 큰
불명예를 안게 된 것인 양
그 얼굴에 핀 절망은 바라보기에도 측은하다

바닥에 주저앉은 나무들은
조금 전까지만 해도 적敵을 향해 겨누고 있던 칼을
돌려 잡고, 조심스럽게 자신들의 밑둥을 베나간다
방향은 늘 왼쪽에서 오른쪽이다
주루룩 주루룩 붉은 수액이 바닥으로 쏟아지고

금세 지옥 강이 이루어진다 그 붉은 강물은

쿠로시오 해류를 따라 거침없이 북태평양으로 흐르고야 만다

이를 태연하게 지켜보던 승자들은

가장 근엄한 목소리로 이들을 향해 말을 건넨다

"목을 한번 쳐드릴까?

아, 내 말은 약간의 자비를 베풀까 해서⋯."

곧이어 승자들의 너털웃음 소리에

숲 전체가 흔들리기 시작하고

이 숲에 드리워져 있던 검은 장막도 보인다

다른 숲에 있는 나무들이 보기에도

한없이 고립되어 있는 이 기묘한 숲은 오오,

정녕 불가지不可知의 나라다

쥐와 유목민에 관한 다섯 단계 고찰^{考察}

1

쥐는 집쥐 생쥐 들쥐로 나뉘는데, 그 중 집쥐는 다른 쥐들에 비해 몸통이 약간 커서 눈에 잘 띈다. 그건 녀석들이 우리를 바라볼 때 우리가 뱀이나 족제비가 아니란 걸 알고 방심한다는 방증^{傍證}이다. 놈들을 잡으려면 곳간 같은 데서 큰 자루를 뒤집어쓰고 있다가 녀석들이 지나갈 때 총알같이 덮치면 다 끝난다. 이때, 놈들의 이빨에 본능적 저항이란 플라크가 끼어있으니 조심하라. 다만 플라크가 두려워 쫄깃한 쥐고기를 포기하진 말 것.

2

다음으론 들쥐를 보자. 이놈들을 잡으려면 들녘으로 가야겠지. 녀석들의 몸통이 다른 쥐들보다 약간 작아도 황조롱이나 왜가리들은 이들을 곧잘 찾아내지만 우리는 쥐구멍을 찾아내면 그만이다. 녀석들은 경계심이 대단해서 누구든 자기네와 생존에 대한 이데올로기가 조금만 달라 보이면 구멍 안에서 입구를 틀어막고 찍찍거리며 농성을 하거나 발광을 한다. 이때는 연탄집게 같은 걸 구멍에 넣어 여러 번 쑤셔보면 녀석들은 치명상을 입거나 공황^{恐慌}을 일으켜 쉽게 포획된다는 점을 참고할 것.

3

이쯤 되면 유목민들도 으레 모여들기 마련인데, 그
들은 단순한 구경꾼이 아니어서 걸핏하면 온갖 험구
를 해댄다. 그들 중 상당수는 디지털유목대학에서
딴죽걸기를 전공한 덕에 그 일엔 아주 전문이지만
너무 열 받을 필요는 없다. 이런 경우 지혜의 힘을 빌
려 은밀히 청[靑]테이프를 풀어 오십 센티미터씩 자른
후, 그들의 입에 번개같이 갖다 대고 목을 한 바퀴 감
아 붙이면 당분간 효력이 있다. 다만 처음부터 그들
의 몸통을 뿔끈 묶어놓으면 오히려 더 시끄러워지니
명심할 것.

4

쥐 얘기로 돌아가서, 아무 쥐나 너덧 마리를 잡은 후
에는 넓은 오지그릇에 넣은 후 뜨거운 물을 부어 털
을 뽑아내야 한다. 물론 털뿌리마다 포획자를 향한
적개심 같은 것이 약간씩 묻어나오겠지만 못 본 척
하라. 그다음엔 배를 갈라 내장을 모조리 들어내야
하는데, 내장 속에선 미처 소화가 덜 된 음식물 외에
도 자유에 대한 오해, 서투른 민주주의 같은 것도 쏟
아져 나오리. 그때 풍기는 악취는 조리사의 직업관
을 잠시 흔들 수도 있으니 꺼내자마자 멀리 던질 것.

5

그 다음엔 고기를 깨끗이 헹궈 냄비에 넣어 쿵쿵 끓이면 된다. 이때 사회적 융합이라는 상표가 붙은 굵은 소금을 한 스푼 넣으면 갈등의 누린내를 싹 없앨 수 있다. 십 분간 끓이면 김이 나겠지만 맛의 불확실성 문제를 해결하기 위해 오 분만 더 끓인다. 이어 불을 끄고 고기는 접시에 담아 후추 마늘 생강에다 포획자의 여유, 조리사의 자긍심을 버무린 양념에 찍어먹으면 된다. 먹을 땐 지금까지의 모든 과정을 최대한 떠올리지 않는 것이 자유와 행복에 이르는 길이다. 맛있게 먹을 것.

비소츠키[*]

그는 어느 암흑과 압제에 관한 것을 말했고
절규할 때는 그의 기타도 함께 울었네
차가운 시대의 행간行間에서
그가 보여준 자유로운 그 음유吟遊를
러시아인들은 왜 그리도 음울한 밤의 카페에서
숨죽여가며 보고 들어야 했을까

비소츠키의 불꽃같은 눈동자를 보며
카페 손님들은 한동안 들뜬 표정을 지었다네
그들도 감당하기 힘들 만큼 벅찬 가슴으로,
아니면 흥건히 젖은 눈동자로
함께 울어가며 노래하였을 것이리

얼어붙은 시대가 억압했던 가련한 선율,
혹은 스탈린의 유물 아래 눌려 있었던 불안한 숨결들이여
이제는 동토凍土에 꽃필 자유를 노래하라
약한 민족들을, 슬픈 시대를 살아가는 만인들을 품어보라
글라스노스트[*]의 날개여
언젠가는 다가와야 할, 자유의 푸르른 혁명이여
그대 비소츠키여, 음유의 불꽃이여

[*]블라디미르 세묘노비치 비소츠키(1938년-1980년). 러시아의
 배우이자 가수, 음유시인.
[*]glasnost. '개방'을 뜻하는 러시아어. 옛 소련 대통령
 미하일 고르바초프가 실시한 개방 정책을 의미한다.

새마을 휴게소

서울로 가는 길에 새마을 휴게소가 있다
그곳에는 박카스 여인들도 많은데
늘 그렇듯이 화물차들은 그녀들의 세끼 밥이다
단골손님들은 모두 동서同壻 간이란 것을
알 만한 사람은 다 안다
돌 같은 사내들이 뜨거운 박카스를 마신 후에
후일담을 일절 얘기하지 않는다면 모를까

그곳에는 노점상도 유달리 많다
겉으로 보면 노점상이지만 실제로는 그들의 등짝에
청룡 백호도 살고 있는 괴물들인데
온갖 공구와 잡화雜貨를 바닥에 줄 세워 놓았다
칼 종류를 늘어놓은 것만 봐도 놀라울 뿐이다
'소-중-대-특대-전술용'
'전술용은 조직업무에 사용권장'이란 난해한 글씨가
바닥에 제멋대로 히꺼덕 드러누워
행인들에게 함부로 거드름을 피워대는 꼴이란

노점상들은 박카스 여인들과도 친하다
평소에 누가 누구를 잡아먹거나

아예 반쯤 죽이는지는 잘 모르나

새마을 휴게소는 슬프디 슬픈 인생극장이다

기묘한 극幕이 끝날 때까지, 어쩌면 아등바등

먹고살기 위한 문제 때문에

그곳에는 저마다 잘 소화해내야 할 배역이 있다

그렇다고 해서

반드시 새마을 휴게소만 그런 것도 아니다

잘살아보자는 새마을 운동이 시작된 지가 언젠데

아아, 나라 전체가 아직도 그 난리라니

희망병원 제6병동

간병인이 환자의 아랫도리를 닦아내며
익숙하게 미간을 찌푸렸다
환자는 입을 약간 벌린 얼굴로
거의 정지된 표정과 시선을 천장에다 걸어두었지만
환자의 제대로 된 삶도 정지된 지는 오래된다
삶의 정체는 도대체 무엇일까
낯선 중년 여인에게 자신의 아랫도리를 내맡기는
생生의 민망한 계획은 애초에 없었을 텐데

그 옆, 치매의 늪에 잠겨 있는 한 노인은
십구 년 전 산재産災의 기억을 이불로 만들어 덮고
고요히 누워 있다
그날의 공포는 언제나 십구 초 전의 일이다
산업화의 역군이었지만 동시에 소모품이 되었고
기나긴 병원 생활로 치매는 소리도 없이 덤으로,
혹은 노후연금을 대신해 찾아왔다

통로 끝쪽 병실의 한 노파는 마를 대로 마른 채
오늘, 솜털 같은 육체로 병동 지붕을 뚫고 승천하였다
노파의 투명한 영혼을 배웅하던 가족은

이상할 만치 아무도 울지 않았다

이 병동에서의 삶은 마치 꿈결과도 닮아 있기에
여기는 생生의 정거장임이 분명하고,
천상으로 갈 사람과 세상으로 갈 사람이 은밀하게 혼재돼 있다
천상으로 가는 건 진정한 귀환일 테고, 병을 떨쳐내면
또다시 세상으로 소풍을 가게 된다
다만 우리 모두는 이다음에 천상이든 세상이든 꼭 가야만 한다

이곳에서도 사느냐 죽느냐의 숙제를 앞에 놓고
모두 머리를 맞대고 있을 뿐이다
그렇다, 생사의 갈림길도 삶 쪽에 속하는 것이고
숨넘어가기 직전까지도 그게 다 삶이다

산불

봄날에 하늘 한 쪽이 불타오른다 바람은 투명한 뼈를
세워 불의 군단을 거들고 텅 비었던 하늘에 연기 재
티끌 비닐봉지로 빼곡하다 하늘 사이사이로 불안감,
누군가를 향한 원망, 주민들의 놀라움이 채워져 하늘
은 탁하다 불티들은 수직으로 차오르며 이 도시의 야
산마다 점화點火를 수행한다

불의 진원지는 학도의용군 충혼탑이 있는 산마루다
불길이 한바탕 춤사위를 펴며 산마루에 숯검정을 칠
하기 시작하자 평소에 부조浮彫 안에서만 살아오던,
육십 년 전 학도들의 충혼忠魂은 또다시 포화에 그을
린 전장戰場에 들고 만다

불길이 산기슭 민가 쪽에도 도도히 내려오고 늙은 집
채들이 불의 혓바닥을 쳐다보며 온몸을 떤다 그중에
포함된 지리산천왕도사의 집과 일월선녀보살 집에도
난리다 보살 할망구는 불상과 이불을 집밖으로 꺼내
놓고 피가 마르도록 빈다

부처님요 천지신명님요 제발 저 불을 좀 어찌해 보이
소 얼른요 얼른 아아 진짜 이건 불이 나고 두 시간이
지나도 소방차는 오지 않는다 결국 도사의 집 대밭에

불길이 너울 덮치듯 붙자 도사는 다급하다 그의 살림
전체가 로그아웃 직전이다

칠성님요 장군님요 살려주이소 아이고 사는 것도 인
제는 넌덜머리가 난다

이웃사촌들이 세숫대야 양동이 함지박 따지지 않고
모조리 물을 담아와 던져본다 물과 의협심만으로는
어림도 없다 괴물 같은 불길 앞에서 불쇼를 관람하는
구름관중들, 어쩌면 불쇼이 공연을 보는 저 웬수들의
상당수는 번쩍이는 스마트폰을 꺼내들고, 일생에서
단 한 번뿐일지도 모를 고온高溫의 풍경을 기념사진으
로 남기느라 바쁘다 혹은 느긋하다

산기슭과 민가들은 결국 숯검뎅이가 된다 그때서야
나는 본다 기묘한 소리로 산기슭을 흔들어대며 아주
신나게 달려오는 소방차 행렬을

재즈가 흐르는 거리

섬나라를 조국으로 삼은 그대여
메마른 이 거리의 사연에 대해 말해 보아라
어느 날도 한 잔 술로 노래하지 않거나,
그 노래를 마시지 않는다면
그대 슬픔은 무한대로 쌓일 수도 있겠네

혁명이란 이름이,
혹은 체 게바라의 초상肖像이 한 번이라도
따뜻한 빵이 돼 준 적이 있던가, 다 버려라
차라리 모든 거리에 아프로 쿠반 재즈*를 채워
작은 위안이라도 받는 길이
값싼 술에 취할 수 있는 그대에겐 더 좋으리

이념의 무장武裝만큼 빵도 필요하건만
현대사現代史의 마차는
일백 년이 넘도록 어깨를 늘어뜨린 채 핏기 없는 거
리를 지나가고,
그 누구도 굶주린 개의 처지는 알려고도 하지 않네
배고픔조차 일상이 되다 보면 비애는 스스로가 낭만
인 양 흐른다네

먼 후일, 이 섬나라의 사연을

연민으로 이야기해줄 자들도 분명히 있으련만,

황량한 아바나 해변에 서서 바라보면

눈물 같은 재즈소리는 너울치고,

헐벗은 거리는 나그네의 옷깃을 붙잡는데

*아프리카 전통타악기와 유럽악기들의 리듬으로 만들어진,
 남미 카리브해의 재즈.

홍찬선

〈판사는 베를린에 있다〉 등 11편

홍찬선

충남 아산 출생
서울대 경제학과, 서강대 MBA, 경영학과 박사과정 수료
동국대 정치학과 박사과정 수료
한국경제, 동아일보 기자
머니투데이 북경특파원, 편집국장 역임
계간 '시세계'로 시 등단
시집『틈』『품』『남한산성 100처 100시』등 다수
소설『그해 여름의 하얀 운동화』발표

판사는 베를린에 있다

판사는 베를린에 있고
시인은 서울에서 산다

시민의 권리는 왕의 월권보다
앞서 보호받아야 하는 것

근심 없는 사람이 누리는
궁전의 아름다운 전망을 위해

하루하루 온 힘을 다해 사는
사람들의 삶의 터전을 없앨 수 없다

달면 삼키고 쓰면 뱉는 변덕을
베를린법원 판사가 바로 잡았다

민심을 얻으면 천하를 얻고
백성이 등 돌리면 숨을 잃는다

시인은 베를린에 있고
판사는 서울에서 산다

*판사는 베를린에 있다 : 프랑스와 앙드리외(1759~1833)가 쓴 꽁트 〈상수시궁전의 방앗간지기〉에 나오는 말. 프로이센의 프리드리히 2세가 프랑스의 베르사이유 궁전을 본 떠 베를린 교외의 포츠담에 '상수시Sans-souci 궁전'을 지었다. 그 앞에 방앗간이 있어 상수시(근심 없는 이라는 뜻)궁전의 전망을 가리자 왕이 없애려 했다. 방앗간 지기는 왕을 법원에 고소했고, 베를린법원은 왕이 잘못이라고 판결했다. 이후 "판사는 베를린에 있다"는 권력이 법을 장악하려고 할 때 저항한 사례로 이용되고 있다(마르셀 프루스트 『잃어버린 시간을 찾아서』(김희영 역, 민음사, 2016, 4권 407쪽).

55

두 군인 아들에게*

두 아들아!

벌써 재작년이구나
징병검사를 마친 뒤, 논산훈련소로 가서 좀 편한
병과로 갈 수 있도록 해줄 수 있느냐는 말을
어렵게 꺼낸 너희들에게 아빠가 그럴 힘 없다고
말꼬리 낮추며 외면했던 것, 이제 생각하니 참 미안하구나

작년 4월과 5월이었구나
여느 봄과 달리 연천에 있는 신병훈련소를 향해
산 넘어도 산이고 왼쪽 오른쪽 앞 뒤 모두 산인
곳을 지나 북으로, 북으로 달릴 때 눈가에 살짝
맺힌 이슬 모른 체하며 등 떠밀었던 것, 참으로 미안하구나

올 3월이었구나
외할아버지가 돌아가셨을 때 외손자로서 당연히
조문 와야 한다는 너를 코로나19 때문에 휴가
금지됐으니 다음에 진정되면 오라고 설득했던
그 말들이, 가슴보다 머리에서 나온 말들이, 참 미안하구나

이제 열아홉 달 군복무 모두 마치고 당당하게

집으로 돌아온 너희들의 늠름한 모습을 보니

재작년에, 작년에, 올 3월에, 너희들 사정 듣지 않은 게

정말 다행이었다고 스스로 위로하는 내가, 참 미안하구나

보직 바꾸려고 휴가 연장하려고 이곳저곳에

전화 한 번 하지 않은 아빠가, 참으로 미안하구나 두 아들아!

*넷째이자 막내아들은 2019년 4월2일부터 2020년 11월3일까지,
 셋째이자 장남은 2019년 5월7일부터 2020년 12월8일까지 경기도
 연천에서 수색대원과 포병으로 만기 전역했다.

자유와 민주

집 나간 민주를 찾습니다
그들이 목숨 걸었다던 민주는
양의 탈을 쓰고 착한 사람들을 몰이하며
그들의 탐욕을 채워 주는 방패막이로만 쓰고

길 잃은 공정을 기다립니다
그들이 소리 높여 외쳤던 공정은
못 본지 아주 오래 됐는데 실종신고도 없이
찾으려고도 하지 않아 불공정이 판치고

행방불명된 자유를 찾아주신 분께
후사하겠습니다 010 5454 82××
그들이 잠꼬대처럼 되뇌던 자유는
부자유를 만나자 소 닭 쳐다보듯 합니다

화내지 마세요 화내면 지는 것,
머리가 흔들리면 가슴도 빼앗깁니다
분노는 약하다는 증거잖아요
진돗개가 짖는 것 보셨나요

사랑이 이기고 포용이 승리합니다
거센 바람이 갈대를 이기지 못하지요
폭풍우보다 따뜻한 햇살이 옷 벗기듯
진노할 시간에 심장근육 단단히 세우세요

광화문 광장*

사람은 얼마나 작고
인공물은 얼마나 초라한가
세종대왕 높은 의자도 마찬가지

한 발 떨어져 크게 내려 보면
123층 오만도 손가락보다 작고
뽀글뽀글 김치찌개 끓어오르듯
저절로 울려 퍼지는 향기

그날 광화문 광장 꽉 채운 촛불
오늘 광화문 광장 꽉 막은 차벽

높새바람 위험하게 흔들려도
민심은 탱크보다 훨씬 세고
모든 사람 입은 막을 수 없다
백성은 물이요 권력은 배

물이 성나면 배를 뒤집는다
물 흘러가도 뒷물 다시 채우고
역사 수레바퀴 끊임없이 흐른다

*서울 광화문광장은 2020년 10월3일 개천절에 경찰차로
둘러막혀 완전히 차단되어 죽은 광장이 됐다.

아들의 손 편지

눈물이 앞을 가렸다
제 아빠가 왜 거기까지 갔으며
국가는 그 시간에 아빠의 생명
구하기 위해 어떤 노력했는가
왜 아빠를 구하지 못했는지
묻고 싶다는 말에

할 말을 잃었다
시신조차 찾지 못하는
현 상황을 누가 만들었으며
아빠가 잔인하게 죽임 당할 때
이 나라는 무엇을 하고 있었는지
묻고 싶다는 글에

마음이 잡히지 않았다
저희가 겪고 있는 이 고통의
주인공이 대통령님의 자녀 혹은
손자라고 해도 지금처럼
하실 수 있겠는지
묻고 싶다는 손 편지에

사는 것에 죄스러움을 느꼈다

한창 구김 없이 큰 꿈 꾸며

뛰놀아야 할 여덟 살 초등학생 1학년

여동생이 아빠가 해외출장가신 줄 알고

며칠 뒤 선물 갖고 오신다는 약속 믿고

아빠 사진 꼭 쥐고 잠든다는 그 말에

그냥 있어서는 안 된다는 것

이대로 앉아있어서는 안 된다는 것

가슴 속에서 눈물과 함께 끓어올랐다

*연평도 앞바다에서 북한군에게 피격당한 해양수산부
  공무원 아들이 문재인 대통령에게 보낸 손 편지를 보고….

해자오적 亥子五賊 1

동쪽 바다에 있는 조국이라는 나라에
해자오적이 들끓고 있다 하니
황금돼지해부터 흰 쥐해에 다섯 도적떼가
조국 국민들을 갉아 먹는다 하니
하루하루 조금씩 파먹어 거의 느끼지 못하지만
마침내 죽음으로 내 몬다 하니
마음씨 착한 조국 백성들은 그런 사실을 전혀 모른 채
오적에게 박수 보내고 오적을 찬양하며
오적의 꼭두각시가 되었다 하니
온 백성이 왜 이리 속고 저리 속는지 속내를 알아보니

저 옛날 나라 팔아먹은 을사오적이니
정미칠적이니 경술팔적이니 하는 놈들은
허우대 멀쩡하고 눈꼴사나운 팔자수염 기르고
고래 등 같은 기와집에 벽수산장이다 영화지다
그럴듯한 이름 붙인 별장 지어놓고 떵떵거려
눈 가진 사람 귀 뚫린 백성 모두 밝게 알아보고
피 끓는 열사 의사 투사 엉아들이 겨레와
역사의 이름으로 응징할 수 있었고

큰고개동에 우뚝 평창동에 불쑥 잠실벌에 뾰쪽
북촌 성북동 장충동에 솟을대문 제멋대로 와장창
저 솟고 싶은 대로 하늘 낮아지라고 솟구쳐 올라
삐까번쩍 으리으리 꽃 궁궐에 밤낮으로 풍악이 질펀
떡치는 소리 쿵떡 대며 재벌 국회의원 고급공무원
장성 장차관이라는 오적도 금세 알아챌 수 있었것다

시간이 흐르며 도적도 진화론의 적용을 받는 듯
기해 경자 두 해에 집중적으로 출몰한 새 오적은
겉으로 보기엔 이웃집 좋은 아줌마 아저씨와 똑같고
말도 청산유수라 도저히 도적이라고 생각할 수 없고
눈 크게 뜨고 귀 쫑긋 세워 정신 바짝 차리지 않으면
도둑맞고도 잃은 게 무엇인지 모르게 속아 넘어갔것다

해자오적 2

해자오적이 어떤 도둑놈인지 큰 눈으로 살펴보니
사람의 양심을 도둑질 해가는 양심도적, 심적心賊이 그 첫째요
사람 위해 쓰라는 지식 악용하는 지식도적, 지적知賊이 그 둘째요
국민 혈세 제 돈처럼 흥청대는 세금도둑, 세적稅賊이 그 셋째요
역사왜곡으로 밥벌이 하겠다는 역사도적, 사적史賊이 그 넷째요
사람 팔아 돈 권력 쥐겠다는 사람도적, 인적人賊이 그 다섯째라

첫째 도적, 심적이 나가신다
기생오라비처럼 말쑥한 얼굴로 뭇 여성들 마음 흔들어
사람으로서 반드시 해야 할 일, 절대 해서는 안 될 일
가리는 양심, 몹쓸 약으로 마취해 놓았것다
재수 나쁘게 들키면 그런 일 없다
처음 듣는다 기억나지 않는다는 오리발이 최고
들키지 않으면 바로 내가 성인군자다 이게 바로 삶의 지혜
억울하면 엄마 아버지 잘 만나라
세상은 원래 울퉁불퉁한 것 이완용처럼 살아라

둘째 도적, 지적이 어떤 족속인지 보아하니
머리 쥐나게 공부해서 쌓은 지식은
나와 내 가족만을 위해 써야 하는 것
나의 사전에 불가능은 없다

어처구니없는 말이라도 자꾸 되풀이 하라
많은 사람이 자꾸 얘기하면 거짓말이 참말 된다
컴퓨터를 빼돌리는 건 증거보존이고 협박 전화하는 건 취재다
박제순이 그랬고 이재곤도 그랬다 이병무도 우리 스승이다

셋째 도적, 세적이란 놈들 하는 꼴 보아하니
뼈 빠지게 몸 팔아서 번 돈 쓰는 건
덜 떨어진 얼간이들이나 하는 짓
내 돈은 장롱 속 침대 밑에 차곡차곡 쌓아 두고
나라 곳간 활짝 열어 여기 쓰고 저기 써라
코로나로 살기 힘들다 긴급재난지원금 왕창 풀어라
반대 소리 물러가고 칭찬의 말 많아진다
송병준을 본받아라 고영희를 탐구하라 민병석도 그랬도다

해자오적 3

넷째 도적, 사적들이 벌이는 굿판을 살펴보니
역사는 돈과 권력 끊임없이 캘 수 있는 화수분이라
대국에 굽실대며 우리 민족 깎을수록
내 주머니 불어난다 내 권력 강해진다
반일은 종족주의, 징용은 자발 응모, 강점은 근대화라
우겨라, 우겨라 인세가 쏟아진다
한자를 배척하고 한글을 받들어라
도로명 주소 편리하다 세뇌하고 역사를 지우고 지워라
조국이 한문 배워 역사 제대로 배우면 큰일이다
한문은 중국어다 한글만이 나라사랑

다섯째 도적, 인적이 쓴 양의 탈을 벗겨 보니
내가 가는 길에 도움 되면 누구든지 이용하라
위안부 할머니도 등쳐먹어라 나이 어린 미성년자도
돈벌이로 내 몰아라 먼저 침 바르는 사람이 임자다
인권은 필요 없고 정의는 귀찮은 것
내가 하면 정의 남이 하면 패륜이다, 내정남패
내가 하면 임기응변 남이하면 적폐다, 내임남적
윤덕영 조중응도 융희황제 짓밟고 일제 주구 되었나니

심적 지적 세적 사적 인적 나날이 창궐하니

해자오적 그냥 두곤 조국발전 할 수 없어
조국 대왕 포도청장 발본색원 엄명에도
측은의 맘 사양의 맘 겸양의 맘 시비의 맘
모두 잃어 무뎌진 칼 해자오적 베는 대신
내편 네 편 가르다가 조국 백성 하나 둘씩
모르는 새 오적 되니 어이될까 조국 앞날

비나이다 비나이다 해자오적 하루 빨리 뿌리 뽑길
비나이다 비나이다 해자오적 없는 세상 어서 오길
비나이다 비나이다 우리자녀 해맑은 눈 되찾기를
빌고 빌고 빌고 또 비나이다

이용수 할머니

이용수 할머니는 진실투사다
참고 참다 더 참을 수 없어
마침내 불편한 진실 햇볕 속으로 던졌다

두 번 다시 떠올리는 것조차
몸서리치도록 고통스럽던 치욕도
역사를 제대로 바로잡기 위해
가해자 일본제국주의자들 고발하기 위해
영어 배워 미국 의회에서 진실 알렸다

바로 잡아야 할 것은 또 있었다
믿는 도끼에 발등 찍혔다
갈수록 깊은 산 속 설상가상이었다
붕어빵에 붕어 없듯 위안부 위해 돈 모금한
정의기억연대는 위안부 할머니에게 돈 쓰지 않았다

강요된 위안부는 없었다고 망발 일삼는
정신 나간 일제종족주의자들과
뉘우치고 사과할 줄 몰라
벼락 맞아 마땅할 나쁜 일제 놈들

박수치며 좋아하는 짓거리 볼 수 없어
참고 기다렸지만 갈수록 진흙탕이었다

위안부 내세워 사익 챙긴 건 사악한 범죄다
부끄러운 짓 하고 사과할 줄 모르면 사람도 아니다
진실의 힘 부정하는 건 천벌 받아 마땅하다

양심이 흔들리고 진실이 묻히는 시대
옳음과 그름이 편 가르기에 헷갈리는 시대
진실을 얘기하기가 항일투쟁 민주화투쟁보다 힘든 시대
잘못된 시대의 바위에 달걀 던지는
이용수 할머니는 옳음 위해 싸우는 진실투사다

순진자 殉眞者 리원량

건강한 사회에
단 하나의 목소리만 있어선 안 된다*

지금 그 사람은 가고
그 사람 말이 그의 행동과 함께
우리들 가슴에 꼬옥 남는다

알 수 없는 병균에
사람들 쓰러지고 병원에 밀려드는데
당국은 쉬쉬하며 아픈 사람 부정할 때
신종 코로나바이러스 세상에 알린 그 사람

유언비어 퍼뜨렸다고
파출소에 끌려가 다신 안 그러겠다는
반성문 쓰고 와서 환자 보살피다 감염돼
오직 하나뿐인 목숨 기꺼이 바친 순진자 殉眞者
의사 리원량 李文亮, 그 사람

그 사람 말 믿지 않고
그 사람 언행 탄압해서

신종 코로나바이러스 천재天災

우한폐렴 인재人災로 만든 그들

그들에 대한 분노, 그를 위한 슬픔

하늘이 울고 땅이 뒤끓고 사람이 일어난다

사람 죽이는 것 박쥐가 아니다*

보이지 않는다고 보지 말라는 강요

바이러스에 맞선 그 사람 오늘 부활한다

*2020년 2월 7일 신종 코로나바이러스에 감염되어 사망한
 의사 리원량李文亮이 남긴 말.
*중국 네티즌들이 리원량 사망 소식을 듣고 중국 당국에
 분노를 터뜨리며 남긴 댓글.

백선엽 白善燁*

사람은 해와 달을 이기지 못한다
공산군의 빗발치는 포탄을 이겨도
친일파란 파상공세 거뜬히 이겨도
때가 되면 어김없이 찾아오는 수레
벗어나지 못하고 기꺼이 타야 한다

범은 죽어 가죽을 남기고
사람은 죽어 책과 이름을 남긴다
다부동 전투에서 물러서지 않았고
평양에 제일 먼저 태극기 꽂았다
그 어렵고 처절했던 6.25남침 때

앞과 옆이 무너져도 여기는 지켰다
내가 후퇴하면 나를 쏘라고 외쳤다
오로지 자유대한 지키려 피 땀 정성
쏟았다 그대 있어 지금 우리가 살고
그대 떠나도 한국의 역사는 이어진다

*1920년에 태어난 백선엽 장군은 2020년 7월10일,
100세로 서거해 대전현충원에 안장됐다.

유재원

〈연줄 끊어지다〉 등 10편

유재원

시집『그물을 던지면 별들이 눈을 뜨고』
『우리에겐 눈물로도 알 수 없는 슬픔이 있다』『기수역』
『시골정미소』『휘파람불기』 등 15권 출간.
중편소설『사랑』『소설 이완용』 있음

연줄 끊어지다

아무것도 없는 허공에 몸을 띄워
마음대로 날았던 순간이 자유였는지
줄 끊어진 연이 한동안 날아가다
하나의 낙엽으로 바람에 쓸려갈 때

흰 구름 하늘은 날개 없는 새
앙상한 겨울나무 우듬지를 비켜
팽팽하게 붙잡은 줄 손 놓으면
더 높은 곳으로 날아갈 줄 알았는데

바람을 빈 가슴으로 저항했던 연이
죽음을 태우는 화장터 굴뚝을 지나
피땀으로 생의 모서리 깎았던 들판
서리 들뜬 보리밭 상공에 당도했다

내발을 믿고 세상길 걸어가며
겨울 보리는 촘촘하게 밟아야겠지
핏줄 끊어진 가슴에 군불 지피고
동면을 견딘 뱀허물을 벗어야겠지

바닥에 널브러진 죽음을 덮기는
넓은 하늘이 징그럽게 파란 날
먼 들 청보리밭에 추락한 연이
온종일 바람 젓는 자유를 꿈꾸었다

기억

허구한 날 물바가지 띄워놓은
나의 기억장치가 고장 났나봐

가슴에 고인 빗물이 흘러
물레방아 돌이던 풍경도 잠시

밤새워 기러기 날아간 솟대하늘
희뿌연 새벽길을 걸어가면

이 세상 붉은 정부 들어서서
망하지 않은 나라 어디 있다고

맨날 맨날 황사 날아오는데
오늘도 차단막이 구멍 뚫렸나봐

나의 자유로운 시선이 녹슬어
실타래처럼 감기던 기억도 잠시

동토에서

간절하게 신의 음성을 구걸해도
낙인 찍힌 노예로 살아가는 세상
몸부림치는 환상의 나비 떼, 눈이 내렸다
핏물 얼어붙은 나무에 눈꽃이 피면
마음대로 차가움을 흩뿌리는 자유 찾으라

숨 쉴 때마다 가슴이 서늘해지는
다시 바라보아도 보이는 건 드넓은 설원
낙엽 쓸어내던 계절의 기억을 지운
찬바람이 골목을 옮겨 다니며 창문 두드리면
명태처럼 덕장에 걸어놓은 목줄 끊으라

아침햇살에 덥혀진 초가지붕 입김이
언제 사라졌는지 풍경조차 얼어붙은 겨울
거룩한 빙점을 붙잡고 발버둥치는 벼랑 끝
소망했던 안전지대는 어디에도 없고
어리석은 인민들이 중얼거리며 추락했다

비린내보다 역겨운 사상에 물든 동토
쪽빛이 구름을 헤집으면 쌓인 눈이 녹을까
새들이 하늘을 질러가면 언강이 풀릴까
살벌한 지상낙원에서 마지막 봄을 기다리는
헐벗은 마음이 얼어붙기 전에 눈물 흘려라

민주주의 현실은 1

한 번도 경험하지 못한 나라
조응하는 들길의 소실점은 아득했다

이제와 한정 없이 쏟아질 큰비라면
빈들을 보인 겨울부터 내릴 일이지
다 자란 곡식 물 잠기게 할게 뭐람

밀려온 흙탕물 흠뻑 뒤집어쓴
대로 한복판에 거대한 나무가 솟았고
뿌리는 어떤 사상을 연결하고 있는지
오가는 사람들이 분주하게 치어죽었다

바늘 끝을 일제히 반사시키는 강물에
자유는 동력을 잃고 떠다니는 물오리 배
돌멩이 하나 집어던진 파문이
둥근 표정을 보이며 하구로 흘러갈 때

염소 떼처럼 밀려온 어둠
어느새 땅거숙은 늘고 일어선 서릿발
주체사상이 북쪽하늘을 가리키면

나는 어둠을 뜯어먹고 사는 남쪽별인가
배불린 달 아래 창가의 등불은 흐렸다

잔뜩 움켜쥐고 있어도 소용없는 투쟁이
갈퀴 같은 손가락사이를 쉽게 빠져나가
다시 피투성이 꽃잎으로 피어날게 뭐람

민주주의는 피를 돌리는 생명체
해묵은 고치 잠을 깨치고 나온 흰나비가
도로위에 수북이 쌓인 붉은 잎을 치우고
배추꽃 하늘을 가슴 시리게 날았다

민주주의 현실은 2

문고리를 걸어 잠가도
바람 불면 덜컹거리는 가슴의 문
언제부터 어긋난 자유였든가
창백한 낮달 위에 죽음이 겹쳐질 때
물 흐름을 거슬러가는 나룻배

숨구멍조차 찾을 수 없는
화석으로 변한 속은 얼마나 무거울까
휘어진 등뼈에 부목 대고 동여맨
팽팽한 긴장은 차라리 치열한 전투

하얀 꽃잎 찔레의 시간이 가고
몰려온 황사는 부황 든 들판을 덮고
목마름이 지루한 가뭄 끝에
허기진 사람들이 피죽을 끓이면
쉼 없이 저녁노을을 빨아들이는 어둠

마음 가는대로 선택할 수 없는
떼 창이 진실을 허무는 시대
기어이 민주주의 칼날은 무디어졌는가

한 우물 파고 꿈을 길어 올리는
광장의 기도가 저항 없이 끌려 나갔다
나에게서, 우리에게서 멀어진 자유가
햇빛이 얼어붙은 무덤 속에 묻혔다

민주주의 현실은 3

비 개인 언덕 무지개가
그날 밤 어렴풋한 달무리가
원안에 갇힌 환상을 보여주어도
민주주의를 빼앗긴 현실은
길을 걸을 때마다 뒤뚱거렸다

햇빛 독으로 새까맣게 그을린
허우대를 희게 단장하는 시간
흐르는 시냇물에 얼굴 씻으면
바람은 생의 고리를 연결하고
버들잎은 푸른 그늘 드리웠다

우거지 죽 끓여먹던 시절은
깜부기가 고개를 쳐든 보릿고개
댕댕이넝쿨로 엮은 소쿠리에
목숨을 연명할 봄나물 채우며
진종일 입을 봉한 채 견디었다

쉽게 잘린 생각을 던지고
먼 길 걸으면 시련 아닌 게 없다
고통을 짊어져도 피하지 못한
허기진 현실이 서러운 옛날처럼
오늘도 붉은 매듭을 풀어야했다

무인도

닻을 길게 감아올려도
쉽사리 떠나지 못한 슬픔의 배
당신은 아직도 바다에 머무는가

마음의 중심을 무너트린
세월은 벌써 이만큼 와있다고
눈물이 나이를 세며 하소연해도

그리움 집어삼킨 붉은 파도
파란 멍울을 게워내는 바다
움직일 자유가 없는 무인도

날아온 철새의 휴식도 잠시
경계선이 느슨한 북쪽바다에서
차가운 울음이 목선 타고 왔다

고독한 도시

눈물까지 하얗게 변해버린
한기가 솜이불을 파고들었다
믿음과 상관없이 소원에 닿지 못한
가로등마저 침침해진 노숙자 골목
도시사람들은 악취를 간직한 채
얼굴 그을린 해바라기 같은 쳇바퀴
발 디딜 틈 없이 소음이 팽팽한
거리의 속도로 인생을 돌렸다
우울증이 도지고 목을 매고 싶은
병든 인연이 시체로 남기 원하는
흐린 달이 가슴앓이 하는 밤에
누군가 토해놓고 가버린 과음 흔적
제멋대로 흐트러진 질서의 공포
속 빈 새들이 날아와 대놓고 쪼았다
회벽에 비스듬히 걸린 마른 꽃
도시의 당연한 장식품으로 치장해도
지금은 구석으로 쫓긴 암울한 시대
썩은 고기 발라내는 비수를
목말라 스러진 민주주의 등에 꽂았다
혼탁한 가슴을 자유롭게 문질러도

사상 강요에 찌든 사람들은

영혼 없는 짐승처럼 울부짖었다

별이 진 광장에 목숨을 던지는 혁명

지배받는 나의 색깔은 무엇인가

시간이 정지된 눈동자에 비친

도시의 고독한 풍경이 피에 젖었다

양심으로 무장한 혁명

창 있는 벽이 좋다고 하면서
가슴에 육중한 방화 문을 내리고
불타는 사랑 철저히 차단했다
밤마다 스산한 죽음을 지배하는
공동묘지에 묻힌 꿈을 끄집어내도
생은 정거장 없는 직진의 길
세월에 몸을 던져 전진해도 지루한
여기까지 걸어온 발자국 들춰 보면
도착시간은 느리면서 빨랐다

작년 사랑으로 봄이 올까요
시든 꽃은 환하게 웃을까요
산등을 넘으며 굽은 등허리
한 아름 나무기둥에 기대고
풀잎 숨 고단하게 들이쉬면
손짓하는 인연 꽃 피겠지요
하얀 눈물 가만히 닦아내고
꽃불지핀 내 봄을 기다리면
그대 사랑할 날이 오겠지요

송장으로 드러눕는 낯선 시간에
자유가 그리운 마지막을 노래해도
언제나 양심으로 무장한 혁명
나는 끔찍하게 죽고 마는가
일상은 편 가르기 하는 돌팔매일 뿐
운명을 이어주는 진실은 없었다

언제부터일까, 주저앉은 자유가
광장에서 영혼을 불태우기 시작했다

낙인烙印

살며 이방인처럼 변명하는 마음은
미래를 예언할 수 없는 믿음
언제나 치우침 없이 균형 잡힌 기도가
신에게 순종하는 한계를 조명해도
무덤 속을 파고들어가 송장을 빨아먹는
가시나무뿌리 인간들은 사정없이
찬 바다에 어린 목숨을 수장하고
그날부터 시체 팔이 장사를 시작했다

한꺼번에 침몰한 꽃봉오리
누가 그 시간에 전원구조 방송했을까
누가 현장을 찾아 애들아 고맙다 했을까
천년이 흘러도 지워지지 않을
낙인에 짓밟힌 영혼이 바람 타고 갔다
세상 빛과 단절한 어둠속으로 날아갔다

애써 숨을 참아도 건조해지는
현기증으로 스러지는 투명한 날에
아무짝에도 쓸모없는 생의 흔적
낙인찍힌 자리에 피의 폭풍이 몰아쳤다
이제 세상은 북풍에 부서지는 물거품
모른 체 해도 상처가 덧나는 일상
여린 꽃잎이 가시울타리에 갇혀 울었다
눈물 고인 바람이 파도에 부딪혔다

이효애

〈위장전입〉 등 10편

이효애

2003년 계간 '문학사랑'으로 시 등단,
2012년 월간 '시문학'으로 재등단
시집 『그 틈, 읽기』『침묵하는 새』『손등이 가렵다』
『괄호안의 고백』등
라빈드라나드타고르문학상, 부산시인협회 작품상 등 수상

위장전입 1

큰집에는 나일론 목줄을 찬 충견들만 산다 충견들은
주인에게 무조건 충실해야 목줄이 풀리지 않는다
목줄에 따라 몫이 다른 충견들은
더 튼튼한 몫을 차지하려고 목줄에
특수 제작된 아부를 튼튼하게 달아 놓는다
갑자기 청각장애인이 된 주인은
충견들의 읍손에 길들여진다

생계에 내몰린 유기견들이 날마다 아우성치는
간절함을 그럴듯한 위장으로 정형화 시킨다

타들어가는 목구멍에 썩은 물도 안 준다

모든 걸 거머쥔 남자는 눈에 검은 방탄 안경을 쓰고
귀에는 쇠 파이프를 꽂고 있다 유기견들은
한때 큰집 남자의 집에 함께 살기를 원했다

방향 감각을 잃어버린 유기견들은 초점 잃은
쾽 한 눈으로 매일 밤 낮 짖어댄다

위장술이 합리적인 큰집 남자는
양날의 칼 휘두르며 대문 밖

유기견 들의 울부짖음을 촛불로 덮는다

큰집 남자는 방패막이 촛불 앞세우고
북쪽을 향해 태평가를 부른다
미명美名을 포장한 명령권을 함부로 휘 두르는
큰집 남자
이러다 뒤통수 맞을라

위장전입 2

노란 완장 가슴에 달고 여의도로 전입한 의병님들
진정성도 전입하셨는지 참 궁금합니다
허구한 날 정의를 위해 목청 높이는 의병님들
정의가 뭔지 아시는지 참 궁금합니다
만민을 위한다는 포장으로 세간을 이간질하는 의병님들
잘 하면 나라까지 팔아먹겠습니다
촛불 혁명 내세워 민주국가에 대못박으시는 의병님들
니편 내편 편 가르기가 정의입니까
전파 방해로 수신 귀는 정확성이 불투명합니다
찬란한 햇빛을 쓴 의병님들
비오는 날도 색안경은 벗지 않으시는군요
아래턱을 물고 있는 입이 근질거려 견딜 수가 없습니다

위장전입 3

놀이 공원은 휴업 중이다

연중무휴의 놀이 기구는 근육이 다 풀려 버렸다
놀이를 즐기려 줄을 서던 비둘기들도 근육이 풀렸다

완장을 찬 관리인은 풀린 근육에 붉은 펜스 친다
누더기를 깁은 완장은 무뎌질 때로 무뎌져
가소롭기 이를 때 없는데 매번 잘 쳤다고 자화자찬 한다

높새바람에 휘둘린 펜스 헐거워진다
바람의 날개를 쇠말뚝으로 고정 시킨다
둥지 밖으로 밀려난 갈 곳 없는 새
허무맹랑한 말뚝에 풍선 꽂는다

목구멍에 핏대 오른 비둘기들의
고공비행에 더부살이하는 새들 낙상한다

귀 멀고 눈먼 완장 헐거운 쇠말뚝에
배수의 진 치고 일방통행 한다

술래 놀이하는 새들의 쌍안경 성능은 최첨난이다

위장전입 4

정석定石의 울타리가 무너진다
철통같은 중심 신빙성 잃는다
정의의 늪에 작살을 꽂은 이념
한 방향을 향해 정 조준 한다

찬물을 끼얹는 안하무인의 기개
미용실 회전의자에 앉아 음모론 꾸민다
역 방향의 바람은 질서를 무너뜨린다고
터무니없는 용기를 다듬어 주는
붉은 가발 쓴 위정자들
바람머리 방향 따라 뇌관이 쏠린다

지방에서 양주를 마시고
나이롱 뽕을 치던 치정癡情도
슬그머니 올라와 미용실로 간다

음모론을 부추기는 위정자들의 붉은 머리는
염색약 덕분이라고
분분한 염색약에 표창장 달아준다
표창장을 줄줄이 달은 염색약들은
천지개벽이라도 할 것처럼 졸렬한 작태를 방조한다

한발 앞 모르고 열 발 뛰는 안하무인
미혹迷惑하기 이를 데 없다

위장전입 5

눈엣가시를 끼운 외래종 물고기가 저수지에서 발버둥친다
특종을 겨눈 토종 개구리에 초조한 걸까
충혈 된 눈이 부풀어 오른다
정도正道를 파괴해야 세상이 밝아진다고
정도 아닌 정도를 정도라 들이대는 무리수에 녹물 슨다

조화造花로 그럴 듯하게 꾸며진 야바위꾼들은
먹고 마시고 씹을 것 많은 뷔페로 가
미사어구로 차려진 부패한 수식을 마구 삼킨다
맵고 짠 것들에 길들여진 야바위꾼들은
날마다 못에 나와 분탕질하고 염장 지른다
산소 호흡기를 달고 있는 개구리에게
산그늘만한 그물 펼쳐 숨통까지 몰아넣는다

온갖 감언이설을 제조해 공모를 일삼는 물고기의
뒷 배경으로 황금 마차를 탄 애꾸눈이 손 흔든다
포개진 입술 사이로 줄줄이 달려 나오는 거짓을
간교한 술수로 정당화 시키는 야바위꾼들
물 밖 청개구리도 혀를 내 둔다

썩은 바람 불 때만 이는 물살의 요동을
올곧은 대나무로 막아보지만
실세가 득세해 마음에 안 들면 저수지를
통째로 비우려한다

천둥 번개에 우박까지 내린 흙탕물 된 저수지
정의는 사칠까?

위장전입 6

나는 칼을 든 여장부예요
나를 건드리면 모두 내 칼에 베어집니다
당신들이 쥔 칼은 이미 녹슬었어요
그러니 조용히 내말을 잘 들어요
내 앞에서 방귀도 뀌지말아요
당신들의 소리는 방귀만도 못합니다

당신들의 앞날은 내손에 있어요
나의 칼은 나만 사용할 수 있어요
피 냄새 나는 객기 한번 휘둘면 천하는
피 냄새로 물든 꽃들이 춤을 춰요

나는 파도타기를 즐겨요
황금알을 품은 나는 칼을 놓치는 순간
물도 벨 수 없어요

내 칼에 아이가 매달려 있어요
그 누구도 내 아이를 도려내지 못해요
내 욕망은 칼이예요
황금 칼집만 생기면 나의 칼은 더욱더 빛날꺼예요
그때까지 내 심장은 무쇠 칼이여야해요
칼도 유효기간이 있으니까요

위장전입 7

위대한 아버지가 배경인 남자
보증금 월세 제한법을 공동발의 해놓고
합법화 깃발 내 건다

뼛속까지 뻔뻔함을 내로남불로 말아
탐욕의 바다에 욕망을 노젓는 남자
눈에 박힌 가시 빼지 못하네
세간의 서슬 몰염치로 거두어
마른 입술로 젖은 바람 닦네

선명도가 결핍된 화선지에
붉은 눈알들만 뒹구는 이중성의 눈초리
녹슨 배경을 복사한 영혼들이
돌아 앉아 낄낄 거리네
은닉에서 새어 나온 말의 씨앗들 들풀로 번져
사냥꾼들 청각 후벼 파네

독성물질로 변질된 악취 온 천지로 번지네

곰팡이로 얼룩진 아버지의 배경
엘이디 전광판에 전면 광고로 뜬다

위장전입 8

누가 청솔가지 우듬지에 둥지를 틀게 했나
솔개 한 마리
바람 부니 몸 둘 바를 몰라 온갖 술수를 씁니다
나무에서 떨어지지 않으려 발버둥치는 모습이
마치 오랑우탄 같습니다
바람에 휘청이지 않으려면
안전한 지지대가 있는 푸른 숲으로 오십시오
어떤 바람이 불어도 울타리가 되어줍니다
야속하게도 웃자란 우듬지는 높기만 높지
안전지대는 아닙니다
숲의 새떼들도 울렁증을 일으킵니다
그러나 솔개님
둥지에 비장한 장치를 해두었는지
오히려 바람이 경기驚氣를 일으킵니다
원래 우듬지는 기둥이 튼실해야 온갖 풍파를
이겨낼 수 있습니다
비열卑劣한 숲의 우상은 될지언정 어쩌다 다수의
썩은 받침대를 딛고 올라선 우듬지는 결코
안전지대가 아닙니다
너무 높은 곳에 계시는 솔개님
둥치가 썩어가고 있습니다
이참에
갈참나무로 갈아타시면 안 되겠습니까?

위장전입 9
-남발하는 재난 지원금

칙칙한 거리에 노란 곰팡이가 슬기 시작했다
어정쩡한 햇살은 곰팡이를 밀어 내지 않았다
오락가락한 기류에 은신처를 숨긴 땡벌은
막무가내로 벌집을 지어 곰팡이의 체온을 쟀다
시큰둥했던 햇살이 조절 불가능한 체온을
통제하는 동안 곰팡이는 순식간에 번져나갔다

기회를 보던 땡벌은 번식이 능사였다
저울에 올라 탄 햇살은 중심을 잃고
데시벨이 낮은 확성기는 제 구실을 하지 못했다
얼떨결에 위급 상황을 면한 곰팡이
표정을 움츠려 반쪽 기류에 한숨을 풀어놓았다

엷은 햇살이 체온 저하로 무기력해 질 때마다
대책 없는 땡벌들은 무성 생식을 형성한 포자를
무차별 난발했다
비대해진 광기가 웃자란 벌집
언젠가는 제 몫 줄에 감겨 피 토하겠다

위장전입 10

이념이 낡아버린 향기 없는 꽃 수 십년 째
수요일만 되면 거리로 나선다
뻔뻔함은 덤
불온한 역사의 응어리 풀어 준답시고
위선을 남발하며
좋은 일은 혼자 다 하는 것처럼
허세 부린다

애 어른 할 것 없는 정 많은 사람들
호주머니는 호구
수요일은 삥 뜯는 날이라며
수치스러운 역사 앞세워
넉살 한 소절 읊어 댄다

수많은 통장에 암매장 된 오류
세월에 녹슨 꽃들은
해독 할 수 없는 난수표
향기가 없어도 향기가 난다고 주장하면
향기가 난다는 위선자
허구를 싸들고 여의도 은신처로 행차 하신다

위력이 강한 바람을 어깨에 두르고

상식을 초월한 오리 군주들의 등 뒤에 서서

거센 바람을 헤엄쳐 나가는 강심장

여의도에는 물이 없어도

헤엄 잘 치는 오리발들이 판친다

김미선

〈겉절이〉 등 9편

김미선

대림대학 영어과 졸업
숭실사이버대 문예창작학과 졸업
월간 '시가 흐르는 서울' 신인상 수상
전국여성문학대전 시조 부문 최우수상

겉절이

나는 오늘 겉절이가 되어야 해

세상에 쓰디쓴 소금으로

온 몸을 휘감아 두르고

영혼까지도 숨을 죽이고 있어야 해

소금기가 육신 곳곳에

흥건하게 적셔 주고 갈 때

드디어 내 눈물은 뜨거워지는 거야

푸르른 잎사귀 시절을

난도질 당한 청춘이여

잊어야 할 과거를 소금기로 담금질 당한 나는

세상의 진정한 맛을 내기 위한 준비를 해야 해

산전수전 다 겪어본 비린내에 쩌든 멸치는

혹독한 시간의 숙성을 경험하고서야

진정성을 드높이게 되지

되직한 찹쌀을 풀로 쓰면

끈적거리는 우물의 깊이를

스스로 만들어야 해

잉태 전의 멀고도 아찔한

인간의 고뇌와 고통이

내 몸 구석구석 마늘의

아리도록 아프게 하는
매운맛을 듬뿍 넣어야
반복되는 시련을 극복하게
하는 시간을 주는 거지
때로는 가치라는 이름의
달달함을 가미하고서야
나는 겉절이가 되는 거지
오늘 더욱더 숨을 죽이고
몇 번의 담금질을 씻어내고 털어내
겉절이가 될 수밖에 없는
나는 시간이 익어갈수록
어우러져 가는 맛을
알아가는 거야
나는 반드시 겉절이가 되어야만 해
내가 흘려버린 언어

수 없이 쏟아져
내어버린 글자들을
기억 속에 가두고 싶어
밤사이 뒤척이며 울고 있는 글귀들
미처 내가 돌아보지 못했던
수많은 언어도
여전히 무중력 공간 속에서

나를 기다리며

헤매고 있을지 몰라

오늘도 꿈속에서 조차

흘려버리는 언어를 줍고 싶어

평생을 담아도 비어 있는 듯한

모래시계 속에 모래 알갱이처럼

아직도 기억 너머에

나를 찾으며

눈물을 훔치고 있을지 몰라

광장에서 1

수많은 인파속에
오고가는 대화의 흐름이
마감 되어도
광장을 메운
차가운 바람소리는
잠잠하지 않을 것 같아
목 밑까지 차오르는 울부짖음
시들시들 하여진 소리로
절규하던 늙어버린 영혼들
드넓은 광장은 좁게만 보이고
짙게 깔린 어둠이 찾아들면
차디찬 아스팔트에
붉은 혈흔의 손톱자국도 선명하다
존재하는 것들을 싹싹 지워야 하는
잊고도 싶었던 밤
가로수 기둥에 묶어두고 왔던
외면당하여 버린
정의에 상실감
그 고단한 하루의 끄트머리
나는 광장에서 보냈던 시간만큼은

아깝지 않으리라

오고 갔던 인파들의 대화는

다른 곳에 있지만

어김없이 돌아와야 하는 시간이

찾아오면

여전히 광장에서 차가운 바람소리

들으며 있을 것 같아.

광장에서 2

한韓이라는 글자에
한恨이라는 글자로
위장하는 애매한 사람들
크고 바르고 위대함을
산산이 무너뜨린 시간은
그럭저럭 흘러갔지만
뜻 모를 욕지거리
또한 얽히고설켜
한풀이 하듯
보여줬던 시대극

바람 속에 흩어졌을까
부옇게 쌓여가는 먼지 속에
아직 방황중인 걸까
더럽고 추하다는 화폐에 그려 넣은 탓일까
세종대왕 마저 무릎을 꿇고 있다

얼어버린 생각마저 미련을 떨고
무너진 왕조는 궁색함을 드러내며
바람 속에 흩어져간 날조의 역사를
못내 아쉬워하며 광화문광장에 앉아
남모르는 내일을 준비하시리라

광장에서 3

광장에 모여든 사람들
서로 다른 길로 와서
만나기까지
마음에 담아둔 상처를
끄집어내느라
광장은 서러워 운다
양심이 밟히는 소리
지난 시간의 상흔을
지워가고 있다
사그라지는 오후 햇살
오지게 훑고 가는 바람
걸음이 이끄는 대로
본능의 분출구는
가장 뜨겁게
일깨워주고는 했다
가끔은 뭇 사람들
소모적 감상에 젖어있다
비웃을지라도
살아있는 자의 몫
남아있는 자의 몫

뒷걸음치듯 떠밀려가는

비겁한 생각만큼

쓸쓸한 것이 있을까

나는 세상에 꿋꿋이 남아

진실이 된 거짓에

거짓이 된 진실에

생각하는 법부터 다시 배울 것이다

서슬 퍼런 칼날을 굽히지 않고

휘둘렀던 그 분이

외롭고도 처연하게

맞이하는 오후다.

연정戀情

내게 지금 지우개가 있다면
허구에 퍼져 버린 글자들을
조금씩 지우고 오겠습니다

내게 지금 연필 한 자루 있다면
일생 연정으로 가슴으로 품은
당신 이름
들키지 않게 쓰고 오겠습니다

내게 지금 한줌의 흙이 있다면
비명조차 아니 변명조차
한 마디 못했던
나를 묻어두고 오겠습니다.

걸레

나도 한 때는
사랑하는 이의
얼굴을 훔치는
수건이었을 때가
있었지
지금은 두텁게 내려앉은
먼지를 닦아 내는
걸레가 되었어
이리저리 발길질에 차이고
비 오는 날 꿍꿍한 냄새를
온 몸으로 받아쳐야 하는
남루한 삶이여
거지같은 삶이여
누군가는 이야기 하지
한번 걸레는 영원한 걸레라고
다시 수건으로 돌아가지 못하는 걸까
더는 여기서 실밥 뜯어지지 않기를
바라고만 있어
바닥에 눈물만 뚜우뚝 떨어지고
몸 구석구석 상처 난 곳만
물끄러미 쳐다보게 되지

민주주의여

내 혼신의 기를
쏟아 부어도
말이 없는
민주주의여
기울어져 가는
조국의 미래에
고혈의 응고된
자국만 선명할 뿐
돌아오지 못하는
허공의 메아리
민주주의여!
무엇을 위해 싸웠던가
누구를 위해 불렀던가
그저 넌 말이 없구나
그저 넌 미동도 없구나
허울뿐인 민주주의여

노동자의 일상

몸 곳곳에 맺혀 있는
고단한 땀 냄새
하루 동안 묵은 때를
짊어지고 또 다시 길을
나서야 하는
노동자의 시간
새벽길 동이 트기 전
허전한 바람을 마주하고
뼈마디 속까지도 전해오는
힘겨운 울음소리들
새들마저 바람에
눈시울을 붉히며
같이 울어 준다
일상의 발걸음
바삐 움직이다 보면
괜히 목까지 차오르는
무게감이 찾아 든다
손끝에서도 전달되는
노동의 고달픔을
퇴근 후 노동자들과

하루를 풀기 위해

삼삼오오 둘러 앉아

모인 자리에는

살아가기 위해

단단해져야 함을

이야기하고

살아있다는 것이

옥죄는 아픔으로

비쳐지는 것을 저들은 안다

어느 누가 허물이 없을까

어느 누가 희망이 없을까

곱게만 아주 곱게만

늙어 가기를 소망하는

저들의 술 잔속에

얼비추는 쓴 눈물을

나는 기억한다

목 언저리에 둔덕

내 목 가장자리에
동그란 알이 박혀 있다
꼭 포도 한 알 같기도 하고
몸무게 5kg 내외인 개의 불알 같기도 한 것이
목 언저리에 둔덕을 크게 만들 때면
나는 외마디 비명을 스스럼없이 뱉어 내곤 했다
어떤 날은 두 다리의 감각이 무뎌질 때도 있고
어떤 날은 내 입을 오른쪽으로 삐뚤게 잡아
당길 때면 턱 돌아가는 소리마저 내 귓가에 맴돌기도 했다
고전에서나 보던 해학과 풍자의 방망이를 휘두르던 도깨비
분명 도깨비가 목 언저리에 혹을 달아준 뒤
나는 노래를 잘 부르게 되었는지도 모를 일이다
도깨비가 심술을 부리다 새벽녘 잠이 들라치면
고요가 적막까지 깨워 더 음산하기까지 한 밤
온 몸 구석구석으로 전해지는 통증에 눈물 흐르는
손등을 훔쳐내며 죽어가는 영혼을 마주보기도 했다
잠잠하다가도 도깨비는 한 번씩 포도 한 알을
목에서 튕길 때도 있고 굴릴 때도 있다
온 몸에 뭉근한 통증이 오래 머물러 있을 때
나는 내가 아니기를 바란 적도 있었다

매일 밤 통증과 나란히 뜬 눈으로 지새던 밤

허덕이던 몸을 조각내고 싶었다

아침에 눈 뜨는 것마저 힘겨울 때도

뱃속에 담을 그 무엇을 위해

사소한 걱정 또한 가슴에 품고 오면

하염없이 눈물을 가슴에 담아 오는 날 많이도 있었다

두 아이에게 물려주던 젖은 가뭄의 바닥 드러난 땅이 되었고,

목 가운데 중견개의 불알이 자위를 하느라 분주할 때면

내 비밀의 숲은 스치듯 해도 아픔이 있었다

세상에 존재하지 않는 분께 기도를 드렸다

그 언제 쯤 통증이 잠잠해질 것인가를 따져 물어 본 적도 있었다.

오늘 밤도 바람소리에 단풍들 듯 아픈 자국만 농해져 간다.

김병준

〈성난 매실효소〉 등 9편

김병준

전남 무안 출생
월간시 제12회 '추천시인상' 당선
현재 서울시인협회 '시문학회' 회장

성난 매실효소

오지항아리에 매실을 담갔다 매실향이 뭉클했다 90
여 일이 지나 과육을 분리하려고 항아리 뚜껑을 열었
다 그런데, 여름을 지나 초가을 사이 항아리 속 역사는
완전히 바뀌어 있었다 검붉은 매실 진액은커녕 누렇게
들뜬 매실 과육 사이사이 구더기가 득실거렸다 아연실
색 눈물을 머금고 몽땅 버렸다 이 땅이 그렇지 아니한
가 정녕 그리되지 아니한가 이 땅은 과연 자유민주주
의 항아리에 잘 버무려져 발효되고 있는가 말이다 법
과 제도라는 레시피는 엄연히 있건마는 이현령비현령
이요, 70년 동안 일궈놓은 살림은 곳곳에서 파탄이요
아우성이다 구더기가 잔뜩 끼어 있어도 허장성세虛張聲
勢, 오불관언吾不關焉, 구밀복검口蜜腹劍의 세월이다 그 옛날
'안사의 난'이라도 일어나지 않을까 이쯤이면 백두산
화산이라도 터지지 않을까

바둑을 두면서
-육첩방에서

1
어둔 시대에 '쉽게 쓰이는 시'를 쓰는 것이 과연 옳은가, 하
는 것을 동주에게 따졌다 동토의 바람, 살을 에는 추위 속에
서 침전하는 나를 수습하지 못한 채 부끄럽게 쓰이는 시가 과
연 시라는 것이냐 치중수를 당한 오궁도화, 얼기설기 얽힌 자
유는 벼랑으로 내몰리고 민주의 행마는 절단이 되었으며 자
본의 명치는 찔림을 당하지 않았느냐, 하는 것을 따졌다

2
하릴없이 풀을 뜯어 헛배만 채우는 비루한 우양牛羊이 바로 네
가 아니냐 하릴없이 시구나 뜯고 하릴없이 시절을 반추하는
너는 누구냐 그래도 부질없이 이념의 살은 찌리라 논두렁에
쓸데없이 돋아난 풀잎만으로도 비육은 되리라 그러다가 토실
한 네 토시살, 그러다가 네 등심은 어디로 가겠느냐 저 사특한
아귀들의 목구멍으로 넘어가지 않겠느냐, 하는 것을 따졌다

3
애꿎은 동동주만 벌컥벌컥 들이킨다 어쩌자고 너는 애꿎은
동주만 닥달하는가 횃불 밝혀 어둠을 힘껏 내몰았는가 너는
무엇을 바라, 아침을 기다리는가 무엇을 바라, 빈사의 노을로
저물기만 하는가 짙은 안개 곤곤히 드리워지는 데 황사와 괴
질과 먹구름 속에서 '쉽게 쓰이는 시'는, 자포자기가 아니냐
눈먼 뉴노멀의 표상이 아니냐, 하는 것을 따졌다

날개병원

종암동에는 날개병원이 있어요 거긴 날개 다친 천
사들과 천국인만 가는 병원이래요 내가 축 쳐진 날
개를 고치려고 갔더니 천국 시민증을 떼어 오라네
요 나는 천국에 청원을 했지요 그랬더니 천국에 오
시면 증명서를 떼어줄 수 있다네요 죽어야 가는 곳
인데 갈 지 못 갈지 죽어야 아는데 '한 번도 경험해
보지 않은 나라'에서 사는 것도 미칠 지경인데 죽어
서 받을 것이라면 너무 아득한 일이라서 정말 너무
너무 너무 아득한 일이라서 내 날개는 축 쳐진 대로
그냥 두기로 했답니다

낙지 수족관

낙지 수족관 위 플라스틱 파이프에선 해수가 콸콸 쏟아지고
있었다 수족관을 가로질러 누운 뜰 대에 손목 긴 노란 장갑의
손가락이 반쯤 물에 잠겨있다 바닥에 바짝 엎드린 낙지들은
오늘만 무사해도 행복하겠다

『삶이 투명해졌다고요 어디 숨을 필요도 없고 애써 먹이를 잡
지 않아도 되지요 머잖아 당신도 무엇인가에 갇혀 옴짝달싹
할 수 없게 될지도 모르죠 커다란 그물 같은 것이 촘촘히 쳐
져서 내 생명을 옥죄고 있어요 하긴 나도 잡혀 와서야 실감했
지요 생사가 바로 코앞에 있다는 것을…

수족관 모서리를 타고 오르는 놈이 말했다 "쇼생크 탈출"을
보셨나요? 저는 낮잠 자다 잡혀왔어요
'앤디'처럼 19년 동안 투옥되어 있다면 나도 망치를 구할 수
있을 거예요 어떻든 자유를 위해 탈출해야지요 저 노란 손에
잡히면 끝장이에요 도마 위에서 무참히 난도질당하거나 연
포탕 재료가 되기 십상일 테니까요 그래도 어디 틈이 없는 지
찾고 있어요 '바쁘게 살거나 바쁘게 죽거나'지요
아무튼 희망은 좋은 거예요 아직 살아 있으니까요』

이것이 그러한가

나는 중광의 죄에 대한 설(說)을 보고 한쪽이 비어있는 것을 보았다 중광은 저승에 있고 나는 이승에 있으니 저가 구업으로 지었을 다짐을 나도 범했을 터요 새도 양 날개가 있어야 날듯이 죄와 벌은 떼려야 뗄 수 없고 마찬가지로 자유와 민주는 뗄 수 없다 이리하여 혹자의 속에 들어가 궁구해 보았더라

'죄는 무게가 있어 무거운 것이 아니외다 유명지간에 다짐이 있어 내 죄가 한없이 무거웠던 것이외다'(중광) 벌은 크기가 있어 두려운 것이 아니외다 천지간에 보응이 있어 내 벌이 한없이 두려웠던 것이외다(무명) 죄와 벌은 모양이 있어 무겁고 두려운 것이 아니외다 삼라만상에 부끄럼이 있어 내 죄업이 두려웠던 것이외다(도스토예프스키) 죄가 있는 곳에 벌이 있어 등가법칙이 적용되는 것이외다 모든 것은 상대성이 있어 피차간 포섭되는 것이외다(아인슈타인) 죄는 얼음, 벌은 물이외다 얼음이 녹으면 물이요 물이 얼면 얼음이외다 이것이 불생불멸 부증불감이외다(성철)

이쯤에서 나는 자유와 민주의 행색을 살폈다 자유는 흐르는 물이요 이를 가두면 썩기 마련이다 민주라는 제방에 가두는 순간 자유는 부패되지 않겠는가 자유는 민주가 있어야 살고 죄에는 벌이 있어야 피차 존립할 수 있는 게 아니겠는가

내가 바둑 인공지능(AI)이라면

첫째 한반도에서 대대로 마귀 노릇하는 최고 존엄을 잡겠소

둘째 빈번한 자충수로 반상을 어지럽히는 달빛 기사를 잡고,

추종 세력은 축으로 몰아 떨구어 버리겠소

셋째 인면수심인 광명의 천사, 그 요석들을 잡아

얼른 판을 끝내버리겠소이다

푸른 장마

빗방울 떨어져
눈물인가 싶더니 장마였습니다

창 밖 감나무 햇감도 무르익어
가을인가 싶더니 그리움이었습니다

그리움 질끈 깨물어 보았더니
단맛이 물씬 든 슬픔이었습니다

세월 품어 그리움이 숙성되니
빗방울만 떨어집니다

영영 내 가슴에 끝나지 않는 건
푸른 장마였습니다

장마가 닥친 내 삶에도
자유의 햇살이 그립습니다

'모두 안녕'

—박원순 전 서울시장을 '추모'하며

당신은 떠났습니다 7월 어느 날, 당신은 배낭을 메고 홀연히 떠났습니다 추문과 소문이 가득한 배낭을 메고 말입니다 아무도 모를 깊은 계곡에 그 추문은 매몰되었습니다 골목마다 눈 부릅뜬 CCTV도 그날만큼은 대부분 눈 감았습니다 생각해 보세요 모자를 깊이 눌러쓴 채 하늘을 향해 차마 고개 들지 못한 당신의 행색을 보고, CCTV인들 연민의 정이 발동되지 않았겠습니까 시시각각 다가오는 빛의 화살이 당신의 심장을 뚫고 들어오는 두려움도 있었겠지요 귓가에 쟁쟁한 사면초가가 예사롭지 않았을 터입니다 모두 당신의 대적들입니다 때때로 부린 만용이 후회스러웠을 것입니다 명예도 권력도 무상합니다 참 허무합니다 대사大事에 가까이 가고자 할수록 멀어진 채 당신은 떠났습니다 숙정문으로 하필 숙정문으로요 세상사 뒤집어 보면 속이 보이지 않겠습니까 의미심장한 말로가 있는 숙정문에서 당신은 싸늘한 주검으로 발견되었습니다 자살이라니요 그날 벌어진 일은 하늘과 땅만 알뿐입니다 밤눈 밝은 부엉이도 고개를 돌렸고, 쓰르라미는 황당해서 울지도 않았습니다 아무튼 자의든 타의든 '쉼'을 얻으셨으니 그것도 당신의 분복이겠습니다 비록 주검은 화장되었으나 추문은 소각되지 않고 영원히 비사로 남을 것입니다 지독한 독재의 비극입니다 세상사는 세상

에서 태워버렸으니 근심은 없겠습니다 인간사 번뇌일
랑 훌훌 털고 이제 영면하십시요 아아 당신은 떠났습니
다 우리도 머잖아 떠날 것입니다 '모두 안녕!'

반상^{盤上}의 묵상

'흑암이 깊음 위에 있고 하나님의 신은 수면에 운
행하시니라' 하는 말씀처럼,
흑암이 깊은 반상에서 나는 바둑돌을 한 수 한 수
조심스레 운행합니다

당신이 내 삶을 제한하기 위해 어깨를 짚거나 모자
를 씌우면 나는 저항하거나
아니면 벗어나려고 광화문에 나가 태극기를 들고
외치기도 합니다

나는 당신과 화국^{和局}으로 끝나길 바라지만 언제나
당신은 타협을 거부합니다
당신은 독재자요 권력자여서 나는 당신에게 늘 쫓
기며 설움을 당합니다

이긴 자도 없고 진 자도 없는, 둘 다 이겼다는 느낌
이 드는 대국, 그런 세상…
바둑판에서도 자유와 민주와 인권은 흑백이 팽팽
할 때 지켜질 뿐입니다

박소명

〈상처는 어디에 숨어 있을까〉 등 9편

박소명

경남 진주 출생
서울디지털대 문예창작학과졸업
'맑은누리' 신춘문예 등단
시집 『메니에르』 출간

상처는 어디에 숨어 있을까

그를 벗는다

부서지기 쉬운 마음 다잡기 위해
아침마다 빗질로 그를 벗는다
지난 밤 흔들어대는 바람에
진액 다 빠진 헐거움으로
우수수 내려앉은 마당가 오래된 석류나무 잎처럼
세면대 배수구를 힘차게 빠져나가는 시커먼 그
이맘쯤이면 되풀이 되는 일상의 퍼즐이다

기대와 실망
무딤과 날카로움으로 덧칠해가며
한 칸 씩 메워지는 숫돌 같은 생
간혹
엉켜진 흐름 어디론가 흘러
밤이 지나 익숙한 아침 오더라도
희미한 꿈결이라고 생각하며
아예 잊어버리며 살고 싶은데
견고하게 놓여있던 이 땅의 단단한 묵계하나
삼팔선이라는 거리감 넓히는 낯설음으로

씨줄 날줄처럼 머리 속에 단단히 박힌
또 한 벌의 아픔 벗고 싶다

우리들의 입 속에 숨어 사는 슬픈 그
줄 하나 그어 놓은 게 뭐라고
팽팽한 바이올린 현처럼
보고파도 상봉하지 못한 채
서로가 경직된 낯빛으로 살아야 하나
푸르른 유월이 한참이나 지나 이젠
산하엔 앙상한 가지만 남았는데
나의 낮은 숨소리라도 남아있을 때
저 삼팔선

벗어버리고 싶다

싸움에서 이겨야 하는데

왼손의 엄지와 검지
발바닥 행간과 여백사이를 오가다가
오른쪽 발바닥 중간쯤에서 멈추면
딱딱한 땅이 만져지고
손톱은 땅 속을 파고들려 애 쓴다
냉랭한 그 곳
찬바람이 분다
호미를 가져올까
삽을 가져올까
봄이 되면 말랑거려질까
애초부터 뿌리를 알 수 없어
아니 뿌리를 아는 민주는 있지만
힘없이 고개 떨구는 민주라는 이름
물컹하지만 야무진 그곳
오늘도
진달래 꽃잎처럼 발그레한
애꿎은 왼쪽 손가락만 힘을 보태고 있다
티눈이라는 이름을 증오하며
헝클어진 민주주의를 증오하며

다음은, 신축년

몇 년을 그랬었지

추석이 가고 며칠을 지나니
소소한 소들이
소들을 몰고
소리돌림으로 달려오네

이 나라 변하겠소?
변하겠소!
이 정치판 두레반처럼 만들어 보겠소?
만들어 보겠소!
세상에나 만상에나
여기저기 소들 나붓거리다가
저 푸른 초원도 아닌데
앙상해진 마른 가지 감추는
알록이 옷 한 벌 겨우 걸치게 만드는 세상 되었네
벌써부터 이 소 저 소
음메 음메에에에에
소리, 가지런해지면 좋겠네

이 한 시기 알뜰히 챙겨주겠소?
당연 챙겨주겠소!
아직은 늦지 않은 또 다른 소들
내일을 위해
기다려 보겠소!

입안,
아직은
영 소태맛이네

사이 그리고 사이

하늘이 회색빛이라서가 아니다

가끔 세상에 난무하는 유쾌하지 않은 것들 떠오를 때
후두둑 머리 털며 날려 보내도
시원하다 못해 아려오는 계곡물에 담근 발처럼
아림이 환희로 느껴질 때
자유 다음의 죽음을 생각한다
피할 수도 없고 매력적이지도 않아
그래서 간혹 더 진지해 지기도 한
생과 사의 펄럭이는 이력들
산비장이 하늘거리는 가을이 오면
아직은
갖추지 못한 나의 갈비뼈 하나
질긴 살을 뚫고 기어 나오고

따스한 햇살 편안하게 어깨에 기대는 봄날처럼
한여름 밤
불을 보고 무자비하게 달려드는 나방처럼
바퀴가 지나가지 않는
곡선으로 꺾인 깜깜한 터널

한참 레일 위 걷다 만난 밝은 빛처럼

그렇게 살고 싶은데

하,

무장 해제된 병사 같이 풀이 죽어버린

접는 나이프처럼 허리 꺾인 민주주의

자신 속에 아무도 살아있지 않은 사막처럼

막막한 이 땅 위

온통 회색빛인데

마스크가 설쳐댄다

눈이 보배야

옛부터 그런 줄은 알았지만
최근 들어 보배는 더더욱 빛을 발하지
하얀색의 의미가 주는 은밀한 거래
코도 입도 메줏볼도 덮어버린 지금
오로지 믿을 건 너 뿐이지
쓰지 않으면 퇴화된다는데
이러다 목 짧은 오지병이 되는 건 아니겠지
아주 많이 쓰다보면 진화될까
그래서 우주에서 온 이티처럼
외양간의 하릅송아지처럼
큰 눈으로 변신될까

아, 피곤해
온 세상이 너무 이상해서
나도 이상해지는 것 같애
인도 델리의 성벽
그 붉은 대리석이 삭아 작은 모래알로
흘러내리듯 내 안의 신념들이

바람이 불 때마다

힘없이 떨어져나가는 것 같애

똑똑한 너 하나를 제외하곤

하얀색이 온통 색색의 빛깔로

사각의 세상 찍어내고 있어

갇혀진 얼굴 안에서는

가끔 반란이 시작되는데

비늘 번뜩이는 물고기처럼 튀어나와

민주를 노래하면

망령들 부린다는 듯 곁눈질하고

모두들 너의 속에서 눈치만 보는 듯

차라리 빨리 가는 시계라도 있었으면

요즘은 딱 그렇다

도깨비가지

설핏 본 탓인가

초록색 칠판에 기어 다니는
아라비아 숫자만큼 아리송한 이름이다

하늘이 푸른 건
땅이 땅인 건
새소리가 맑은 건
지나가는 사람들 각양각색의 얼굴은
무수한 색깔들의 통로인데

고개 들어 하늘을 보면
온통 백지
그럼 아무거나 갈겨도 되는 것
도깨비 가지는
도깨비도
가지도
하나도 닮은 곳이 없는데

앗

보라색 꽃

그 하나가 닮았다고

그러고 보니

흐릿한 무례 마구잡이 흐르는 이 판국

사라지는 신앙처럼

싱싱한 생태계 교란시키는

온통 도깨비들 천지다

자다 일어나 갑자기

지금

몇 시인가요?

커다란 극락조 잎 벽시계를 가려

흐르는 공기에 갇혀

시계바늘의 방향 전혀 예상치 못하고 있어요

먹물을 뒤집어 쓴 듯한 거실 한 쪽

손등에 떨어지는 달빛 핥으며

노트 속 깨어진 자유들 주워

여기저기 틈을 메워요

어린 날

기울어진 흙담 곳곳에 뚫린 구멍

가여운 아버지가 아귀 맞게 메우듯

지푸라기 섞인 뻑뻑한 자유의 질펀한 내음

문장 사이에 삐져나와요

수없이 반복되는 민주주의 수호는 벽 속에 숨어 버렸나요

땀방울 버무린 민주주의는 단단한 담장이 되지 못했나요

티끌 되어 사라지는 의미 없는 날들 지나면

어느새 옹골찬 담벼락이 되듯

도드라진 등뼈처럼 야물어진 민주주의 하나 안으려면

쓰잘데기 없는 허공의 바람,

또 얼마나 버무려야 할까요

지금

대체 몇 시인가요

샌드 뱅크

눈을 감아 봐

생생한 갈망 빗장 열고 걸어 나오듯
일상은 잠시 접어두고

봐, 어떤 세계인지

온 몸이 탈 것 같은 열사의 사막 걷다 만난
저 멀리 가슴께에 펼쳐지는 푸른 오아시스처럼
망망대해 새들
힘든 날개 잠시 쉬어가라고
고운 모래톱 내어주는 당신
찬란한 하루의 모서리 채 닳기도 전에
발등을 핥는 파도 때문에
코발트 물빛 아래
부지불식간 숨어버려
얌전히 푸른 장막 펼쳐놓지

보이지 않는다고 사라진 건 아니지
삶에도 가끔 그런 일들 있지

짧지만 강렬한 화려함 살짝 주곤

넌지시 눈길 다른 곳 돌려 버리는

사람, 그리고 사랑, 마침내 자유

마치

조금 전 아무 일도 없었다는 듯

바로 당신처럼

요즘 세상은

노릇해지고 있다

새까만 자이글 위 자글자글 굽혀지는
장어의 하얀 뱃바닥
발바닥이
바닥의 전부인줄 알았던 시간도 있었지
장어는 바다를 접어둔 채
식탁의 중앙 꽃판 위에서
주소를 찍고 있다
주소 잃은 국정감사는 증인 한 명 없이
거실 티비에서 노래하고
우리들의 피로회복제 알약
연일 던져주는 트롯맨들
공중을 떠돌듯 몸이 가볍다
가벼운 걸음
북한 신형무기 열병식의 피노키오 같은 병정들
병정놀이 거하기도 하다
세상이 너무 거대하고 희한해
프로크루테스의 침대처럼
나의 키 맞추어야하나

길고도 짧은 생각만으로도
눈알 아리다

아미 아래 흔들리는
붉은 꽃 닮은 자이글에서
너스레웃음 웃는 장어
나를 유혹하는데

시인 이름 지우고
블라인드 테스트 방식으로 심사

민윤기(예심위원)

　서울시인협회는 2020년 8월 20일 자유민주주의 시인들의 활동을 지원하기 위한 인터넷 카페 '자유시인연대'을 개설하고, 첫 사업으로 2020년 11월 20일 마감하는 상금 총액(수상 시집 발간 경비 포함) 1,000만원의 '자유민주시인상' 작품을 공모하였다. 이 땅에서 좌경화한 세력들이 저지르고 있는 자유민주주의 정신의 훼손을 시로써 지켜내자는 취지에서였다.

　이 결과 40여 명의 시인들이 응모하여 예심을 거쳐 15명의 작품을 최종심 테이블에 올렸다. 예심은 민윤기 시인(월간 『시』 편집인, 서울시인협회 회장)과 서울시인협회 시인들의 시독회로 진행하였다. 심사 기준은 '자유민주주의에 대한 이해도'와 '문학적 완성도'에 두었다. 예심을 마치고 최종심에 올려지는 작품들은 블라인드 테스트 방식으로 진행하였다. '시인 이름을 알 수 없도록' 번호만 표시한 응모작을 대상으로 심사위원장 박이도 시인, 심사위원 김창범 시인, 조명제 문학평론가 등 3인이 심사를 맡아 수상작을 선정하였다.

민주주의 정신의 시적 형상화와
서정적 언어의 심미적 결속을 보여준 작품들

조명제(시인, 문학평론가. 심사평 작성)

이젠 자유민주주의의 역사도 짧지 않건만, 21세기의 이 개명천지에 세계 도처에서 민주주의의 가면을 쓴 독재 권력과 폭악 정권에 의해 자유가 억압되고 시민이 탄압받는 일이 예사롭게 벌어지고 있다. 더욱이 한국적 민주주의가 권력의 위장술로 역용逆用되고 파괴되는, 불가사의한 현상을 목도하면서, 자유민주주의의 토대 위에서 발전해 온 대한민국의 국가 체제를 긍정하는 '자유민주주의 시'를 공모하기에 이른 것이다.

예심을 거쳐 최종심에 오른 것은 열다섯 분의 150여 편이었다. 최종심을 맡은 원로시인 박이도, 중진시인 김창범, 조명제 등 세 사람은 심사기준을 협의하고, 각자 다량의 응모작품을 읽고 또 읽으며 선정 작업에 들어갔다.

독해 과정에서 얻은 공통적 인식은, 헌법정신과 국가이념의 정체성이 심각하게 위협받고 있는 이때에 자유민주주의 정신의 가치를 함유하면서 서정적 완성도를 보여준 작품이 그리 많지는 않다는 것이었다. 자유민주주의 정신의 테마가 강하면 작품의 완성도가 허약하고, 작품의 밀도가 높다 싶으면 중심 테마로부터 이탈

하여 그 원심작용을 잃어버리는 경우가 적지 않았다.

이러한 점을 감안하면서, 응모자별 수작秀作 몇 편씩을 집중적으로 골라내며 선별 작업의 심도를 더하여, 우선 입상자 8명을 선정한 뒤, 다시 숙고와 심의를 거쳐 상위 수상자 3명을 고르게 되었다. 그 가운데 가장 평점을 높게 받은 두 분의 작품을 놓고 최종의 협의를 거쳐 대상 수상자를 결정하는 데는 별 이견이 없었다.

'01'번부터 '15'번까지의 일련번호만 표시하여 최종심 심사위원회에 올려졌던 응모작들이, 공모 주최 측에서 봉인된 응모자의 명단을 풀어 맞추어 가자, 김미선 김병준 박소명 유재원 이효애 등 다섯 분이 우수상 수상자로 확인되고, 최우수상에 하수현 홍찬선 두 분, 그리고 영예의 대상에는 고용석 시인이 선정된 것으로 드러났다.

우수상 수상자들과 그 가까이에서 겨루었던 몇몇 분들은 각자의 고유한 경험적 인식과 개성적 상상력으로 위기의 자유민주주의의 정신을 구원하려는 강렬한 의식을 토대로 나름대로의 방법을 궁구하여 혼신의 노력을 기울인 흔적들이 감동적이었다.

대상을 놓고 치열한 각축전을 벌였던, 최우수상 수상자 하수현 시인은 시 자체적 주제에 대한 탁월한 인식과 표현미학에 있어서 압도적 역량을 보여주었다. 혁명의식을 자살로 마감해 버린 소련 조지아(그루지아) 출신의 급진적 혁명시인 마야코프스키와, 콘스탄티노보 출신의 혁명시인 예세닌을 경멸하고, 결국 지구상의 모든 혁명들의 부당성을 탄탄한 구조와 정연한 구사로 담론적 진경 進境을 보여준 「혁명이여, 시인이여」는 사물이나 사태의 정황을 고유한 시선으로 파악하고 해석한 심미적 결정체라 할 만 했다. 「비소츠키」는 20세기 러시아의 배우이자 가수이며, 음유시인이었던 비소츠키의 음울한 선율과 억압의 시대에 그 음률 속에서 자유를 갈망했던 사람들의 들뜬 표정을 결속한 가편佳篇으로 평가받았다. 그리고, 세라믹 프라이팬에 유정란 달걀을 넣고 굽는 상황을 날카로운 상상력으로 전개하고 폭발시켜 나아간 작품 「자유란 무엇인가—알을 굽다」는 "자유를 잃은 채/ 억압 중에도 소리조차 내지 않는다면/ 그건 애초에 존재한 것도 아니었으리/ 처음부터 자유에 대해/ 결코 알지도 못했던 것이리."라는 절박한 결과의 구체적 실감을 구축해냈다.

심사위원을 하수현 시인의 작품들에서 한 걸음 물러서게 한 것은 그의 작품들이 직면한 우리의 역사와 현실적 조건들에서 일정한 거리감을 느끼게 한 때문이었다. '자유민주시인상'이라는 타이틀은 실상 시의 형식으로 창출해낸다는 것이 결코 호락호락한 테마일 수 없다는 사실에도 불구하고, 심사위원[독자]들의 보편적 기대치는 첫 회 당선작으로 어렴풋이나마 상상되는 어떤 모델이 그려지고 있었다고 봐야 한다. 주어진 테마를 정면으로 안아 들이되, 모든 시적 담론을 진정성과 표현 가치로 녹여낸 작품을 기대한 것이라고 할 수 있다.

이런 점에서, 확고부동한 모델로 볼 수는 없을지 몰라도 대상 수상자로 낙점된 고용석 시인의 「칼날 위에서」외 상당수의 작품들은 테마와 시정신의 날카로움, 넉넉하게 안아 들이는 문장의 섬

세와 부드러움이 원심작용으로 집중된 좌표를 그려 주었다.

6.25 동족 전쟁 때 죽창과 총칼로 양민을 살해하고 소·닭 같은 가축을 약탈해 간 빨치산을 미화·왜곡하여 톡톡히 재미 본 작가도 있는 터에, 경북 경산 와촌면 박사리 사건을 시적 담론으로 삼아 생생하게 재현한 「인간 사냥」은 중요한 참조 사항이 되었다. 심사위원들이 주목한 것은 무엇보다 헌정질서가 파괴되는 위기의 시대의식을 시인이라는 실존적 존재의 시정신과 시적 결기를 넉넉한 음률로 유감없이 발휘한 작품 「칼날 위에서」의 미학적 결정結晶이었다. "대한민국이 칼날 위에 있습니다. / 아찔한 벼랑 끝에 서 있습니다."라는 결미의 간결한 언술 때문만은 아니다. "시인의 언어가 바람을 타고 흐르면 칼날에 잘린 달빛이 출렁 구경꾼들의 가슴을 베어 올 겁니다." 같은 대목에서 보듯, 사유의 강건함과 언어의 저류에 흐르고 있는 정서의 함축적 진지성이 양도할 수 없는 자유 민주혼의 시적 진경을 보여준 때문이다. 「자유는 봄날 잎처럼」역시 언어의 미감을 순연한 감각적 특성으로 포괄하면서, 미명未明의 빛을 시대의 소명으로 불러들이며 세상과 자유의 진실을 역동적으로 추동한 가편이다. "이른 새벽 일어나/ 언어의 불씨를 돋워 어둠 사르고/ 넘어진 풀 다시 세우고/ 말랐던 민주에 물을 주고/ 짐승의 발자국을 말끔히 지워 가자."라는 표현의 은유적 진실이 매개하는 자유에의 가망은 충일한 정신의 심미적 도약을 약속해 준다는 평가를 도출하였다.

「자유와 민주」「판사는 베를린에 있다」 등의 작품으로, 하수현 시인과 함께 최우수상 수상자로 결정된 홍찬선 시인은 현 정권 들어서 지속적으로 드러난 위선과 독선, 자유와 민주정신의 파괴 현상을 날카로운 시선과 감각의 언어로 풍요로운 작품 세계를 형상해낸 능력이 돋보였다. 담론적 진정성과 풍자적 언술의 저력이 균질적 성과의 바탕으로 작용한 점이 미더운 평점을 받는 데 한 몫을 하였다.

대상 수상자를 비롯한 최우수상, 우수상 수상자들께 축하의 박수를 보내며, 이번 수상을 계기로 자유민주주의 정신의 시적 형상화와 서정적 언어의 심미적 결속에 힘써 한국시의 폭발적 진경을 보여줄 것을 기대해 마지않는다. 그리고, 자유민주주의 수호를 위해 곡진한 시혼을 불살라 응모해 주신 모든 시인들께 감사와 격려의 응원을 보내며, 괄목할 시적 진전이 있기를 기원한다.